CRÔNICAS BRASILIENSES

JB ALMEIDA

Crônicas Brasilienses

Ler Editora

Brasília, 2012

LER Editora Ltda.
SIG Quadra 04 Lote 283 – 1º Andar
Tel.: (61) 3362-0008 – Fax: (61) 3233-3771
lereditora@lereditora.com.br
www.lereditora.com.br

Editor
Antonio Carlos Navarro

Autor
JB Almeilda

Projeto gráfico
Samuel Tabosa de Castro

Revisão
Eva Leones

Impressão e acabamento
Ler Editora Ltda.

Dados Internacionais de Catalogação na Publicação (CIP)

Almeilda, JB
Crônicas Brasilienses / JB Almeilda . – Brasília: LER Editora, 2012.

120 p. 14 x 21 cm.

ISBN: 978-85-64898-21-9

1. Literatura brasileira. 2. Crônicas; 3. Crítica polítco-social. I. Título.

CDU 82-9
304

Sumário

III – FOTOCRÔNICAS

Apresentação

Brasília é local propício para a crônica: cidade nova, projetada, tombada, resultado de um sonho e de uma profecia, com erros e acertos, coisas que deram certo e outras nem tanto. Às vezes é exibicionista, sofisticada, cosmopolita, narcisista; outras vezes é liberal, popular, informal, a cara do povo.

Pode se dizer que é uma cidade dúplice, com palácios e vias monumentais e a pobreza dos barracos nas estreitas ruas de terra. Ora se está na ilha da fantasia, ora se está no lado pobre, nas invasões, na periferia, nos locais violentos, nas ruas sem esgoto e dignidade. Tem um céu maravilhoso, azul do mar, mas chove muito em janeiro. A cidade radiante de sol fica triste e perde o brilho com céu escuro.

Contudo, é o centro político, administrativo e judiciário do país. Aqui as coisas acontecem, repercutem, viram notícia, causam polêmica. Importantes decisões são tomadas. Acordos são fechados, tanto para o bem quanto para o mal. Raramente se vê unanimidade de ponto de vista.

Os textos seguintes resultam da observação cotidiana da Capital, sua vida, seus defeitos e acertos, seu pulsar, o que as pessoas e autoridades fazem ou omitem, o que prometem os políticos, suas ações certas e as incorretas. Tudo isso, visto por alguém que mora em Brasília há vinte e sete anos e que ama esta cidade.

Fevereiro de 2012

O autor

Parte I

A CIDADE & SUA GENTE

1.
Encantos e críticas

Uma cidade planejada tem lá seus encantos; tem também os seus pontos de crítica. Nem tudo é unânime. Há quem elogie as obras de Niemeyer; há quem as deteste. Afinal, o gosto é democrático. O próprio arquiteto diz que você pode gostar ou não da arquitetura de Brasília, mas jamais poderá dizer que viu algo parecido. Ele tem razão: Brasília é diferente, é única. O símbolo de modernidade do conjunto do Congresso Nacional com duas torres gêmeas, ladeadas pelo côncavo e pelo convexo, para alguns é meio cafona, sem sentido e graça. Mas há quem veja ali o equilíbrio, a perfeição, o triângulo equilátero, o misticismo da mão que recebe e da outra que protege, a conjugação de forças positivas. Se para alguns simboliza o poder, para outros representa um balcão de negócios, terreno fértil para conchavos, emendas dirigidas, troca de favores, nepotismo. Por isso, um cidadão mais cético enxergou um grande S em cada torre do prédio mais alto da Esplanada.

Mas Brasília não é só Niemeyer, embora seja ele inegavelmente um gênio, o sobrevivente, o longevo, o mais lembrado, o que mais teve sua imagem ligada à nova Capital. Brasília é também produto da qualidade intelectual e das características pessoais de outros brasileiros: do empreendedor de perfil arrojado que foi JK, e de geniais personalidades como o urbanista Lúcio Costa, o artista plástico Athos Bulcão, o paisagista "tropical" Roberto Burle Marx, e de incansáveis tocadores de obra como Israel Pinheiro.

Sem Lúcio Costa não teríamos o traçado imponente e funcional em forma de avião do plano urbanístico, com a Esplanada dos Ministérios no corpo dianteiro da visualizada aeronave, o Eixo Monumental que começa na antiga Rodoferroviária e desemboca na Praça dos Três Poderes (laterais do avião), nas Asas Sul e Norte (as asas do avião). Não teríamos também os Eixos Rodoviários Sul e Norte (o centro das asas), que atravessam toda a extensão do Plano Piloto, por dezesseis quilômetros, sem qualquer sinal de trânsito. Nem a divisão por setores temáticos. É difícil imaginar como seria a cidade sem o projeto Lúcio Costa, mas não há como não reconhecer que é inovador, moderno, funcional, adaptado às condições do terreno. Apesar da grande importância de Lúcio Costa, fora de Brasília nem sempre se associa o nome dele ao planejamento e à construção da cidade. Talvez porque ele tenha sido discreto demais, um pouco tímido, avesso à mídia e a aparições públicas. Seu mérito, porém, é inegável.

Sem Athos Bulcão, o gênio da combinação das formas geométricas e das cores, não teríamos a plasticidade e a leveza dos azulejos coloridos que adornam os lugares mais importantes de Brasília, como a Igrejinha de Fátima, o Congresso Nacional e muitos outros. Sua obra deu cor, graça e movimento à cidade projetada, de concreto e caixotes de vidro.

Burle Marx, por outro lado, poderia ter feito muito mais em Brasília. Sua genialidade paisagística pelos jardins e pisos de mosaico português não foram devidamente explorados pelos construtores e dirigentes da cidade. É belíssimo o ajardinamento dentro do espelho d'água no Palácio do Itamarati, talvez um dos mais bonitos da Capital, mas todo ele voltado para as plantas aquáticas. O parque da cidade, a parte externa do Aeroporto e a entrada do Setor Militar Urbano também foram tocados pela expressão genial. Mas, como aliás em outras obras artísticas e patrimoniais da cidade, está faltando manutenção dos jardins. É urgente a renovação das plantas que se exaurem. Falta, sobretudo, o maior amor da vida de Burle Marx: as bromélias. Pouco há dessas plantas tropicais em Brasília. Mesmo que existissem, é sabido ser difícil a manutenção permanente, selecionando-se espécies de sol e de sombra, tomando-se o devido cuidado com a desbrota e o replantio. Se pudesse voltar a Brasília, certamente o paisagista ficaria triste com o descaso em relação ao seu trabalho e com a falta de continuidade na sua manutenção. Os mosaicos portugueses? Como são lindos! Como dão vida ao calçadão de Copacabana! Mas em Brasília, estão ausentes. As helicônias, que não foram muito aproveitadas e divulgadas pelo paisagista, também ficariam deslumbrantes em Brasília com a exuberância de suas cores à luz do sol. A cidade ficaria mais vermelha, amarela, alaranjada e florida, e até poderia ser chamada de "Brasília Tropical", uma honra para quem mora abaixo, mas não muito longe da linha do Equador, embora, é claro, pudesse entrar visualmente em confronto com as linhas simples do seu desenho. Mas, se vivo fosse, o gênio de Burle Marx faria o casamento perfeito entre bromélias e helicônias. Algum seguidor deveria ao menos tentar...

Por último, não se pode esquecer a importância dos trabalhadores e daqueles que os comandavam. Como uma cidade não se faz apenas de cabeças pensantes, nada seria construído em tão pouco tempo. Nada seria feito sem os líderes que tornaram palpáveis as ideias, os tocadores de obra, aqueles que amassaram barro, viveram na linha de frente dos acontecimentos, comandaram exércitos de peões, controlaram rebeliões e fizeram o desenho virar realidade. Nesse campo, deve-se lembrar, e homenagear, o dinamismo e a respeitabilidade do grande Israel Pinheiro, o verdadeiro responsável por fazer com que as retas e curvas desenhadas pudessem sair do papel.

2.
Numérica, alfabética e à prova de turista

Quem conhece Brasília tem na cabeça seu mapa, verdadeiro GPS que dá as direções de tudo que se busca. Quem chega, no entanto, leva algum tempo para se acostumar com tanto número e tantas letras. Afinal, esse universo não era corriqueiro para quem veio para cá morar numa superquadra, sem endereço de rua e avenida. Mas quando se liga Asa, Quadra, Bloco, CEP, tudo fica mais fácil de assimilar. Quando se tem que passar o endereço a alguém de fora por telefone é notório o susto que leva a pessoa do outro lado da linha com a peculiaridade da Capital. Muitas vezes vem a sequência de perguntas: "Como?" " Não tem rua?" "Nem avenida?" "A carta chega?"

Por ser obra de gênios da engenharia e da arquitetura, dá para entender porque Brasília é uma cidade numérica, alfabética, designada por siglas, lógica e "à prova de turista", como dizia meu amigo Fernando. Qualquer pessoa que estude e imagine mentalmente o plano da cidade tem facilidade de localizar-se, de saber onde está o endereço procurado, a loja, o shopping, a mansão, o apartamento de moradia. Em um segundo vem à mente um teclado numérico de 1 a 16, em que o 1 está no centro e o 16 nas pontas. São as 16 quadras do Plano Piloto na Asa Sul e as outras 16 da Asa Norte. Para localizar a quadra procurada, a operação também é fácil: ímpares para cima – ou melhor, Oeste – 100, 300, 500, 700 e 900, e pares para baixo – Leste – 200, 400, 600. Tanto na Asa Sul, como na Asa Norte. Mas como saber qual delas está sendo procurada? Simples. As siglas indicam precisamente o endereço: SQS – Super Quadra Sul e SQN – Super Quadra Norte. A sigla e o número da quadra já fornecem a direção a tomar. "Em qual bloco pretendo ir?" Aí entra em cena o sistema alfabético: todos os blocos são identificados por letras do alfabeto, a começar do A, na entrada, até as letras seguintes no meio e no final daquela quadra. Quem já fez a experiência, e quem nasceu aqui, encontra a maior facilidade nos seus deslocamentos pela cidade.

É provável que esse raciocínio fácil tenha presidido o planejamento da cidade: a sua visualização espacial, a orientação precisa, a direção a ser seguida pelo caminho mais curto e mais fácil. Se assim é, trata-se de uma cidade lógica, pois a pessoa se transporta para o endereço pretendido apenas mentalmente, sem necessidade de deslocamento físico. Num segundo estou na 109 Sul, ou na 210 Norte, ou indo da Asa Sul para a Asa Norte passando pelo "buraco do tatu", passagem subterrânea sob a rodoviária urbana, que dispensa cruzamento e sinal de trânsito.

Por tudo isso, a cidade é "à prova de turista". Não há como alguém se perder, mesmo que queira. Se você sabe aonde pretende ir, os caminhos quase te levam onde você quer. Não é necessário o uso da inteligência ou da perspicácia, do mapa de ruas ou da informação de algum taxista mais experiente, como em cidades como São Paulo e Rio de Janeiro. Basta fechar os olhos, memorizar e ir.

Pode ser que algum turista acidental e menos afeiçoado ao traçado urbanístico, tenha dificuldade para encontrar algum endereço, mas em pouco tempo estará dominando todas as vias principais e secundárias, andando por "tesourinhas", eixões, desobedecendo ou enganando os "pardais" do trânsito.

3.
A Capital dos Celulares

Outro dia, Ediléia, enquanto preparava a mesa para o almoço, perguntou-me assustada: "É verdade que em Brasília já tem quase dois celulares por habitante?" Respondi o que todo mundo sabe e foi dito pela Anatel: "É o que a televisão e os jornais informaram: os brasilenses têm, em média, 1,9 linhas de celular. Quase o dobro da média nacional, que é de 1,1 por habitante". Insatisfeita com a resposta burocrática, Edileia fez o seguinte raciocínio: "Então, até os bebês têm celular?" "Não é bem assim", resisti em tom conciliador. "Deve ser porque algumas pessoas têm mais de um celular. Eu mesmo conheço pessoas que têm quatro, seja por ostentação, necessidade ou pelo preço baixo e as promoções das diferentes companhias", completei. De nada adiantou, ela não ficou satisfeita com o que eu disse.

Para mostrar sua insatisfação com a resposta, Ediléia afastou-se dali direto para a cozinha, não sem antes fazer uns resmungos em voz baixa, que prudentemente não ouvi.

Aí me pus a pensar: "Como as coisas evoluíram! E lembrar que há pouco mais de 10 anos saíram aqueles tijolões altos e robustos". Hoje, os aparelhos são minúsculos, quase do tamanho de uma caixinha de fósforo. Nesse ponto, a nostalgia que começava a dar o ar de sua graça se foi: lembrei-me de um diálogo recente com um colega da minha idade: "Naquela época, celular era coisa para poucos: ministros, altos funcionários, gente rica, magistrados, promotores e procuradores, donos de empresa, profissionais da advocacia, médicos. Hoje, todo mundo tem celular: a diarista, o porteiro, o gari, o lavrador, o taxista, as crianças, os velhos... É, o mundo está tomado pelos celulares e Brasília é um exemplo disso".

Há pouco menos de uma década, os jovens, aos quatorze anos, pediam um celular de presente. Tem gente que resistiu o quanto pode diante da novidade, mas os argumentos deixavam os pais corados: "Pai, até minhas mini-amigas de 9 ou 10 anos já têm. Porque só eu não posso ter!". Há que se reconhecer: os filhos tinham razão. Ou era questão de tempo. De fato, aquele aparelhinho era o grande sonho dos garotos e das garotas: não ter celular era ficar marginalizado, era estar fora de moda, era um atraso. Preocupados com essas consequências danosas para os filinhos, os pais cuidaram logo de comprar um para ele, outro para ela. Viabiliza-se, com isso, a aceitação no grupo social e escolar. Já pensou: deixar uma menina traumatizada só por causa disso? Talvez Ediléia estivesse sendo profética: a continuar assim, em breve até os bebês terão celulares; se não para falar e ouvir em diálogo, pelo menos para verem imagens e ouvirem a voz da mãe, que, saudosa, ligou lá do trabalho. Continuando o raciocínio, fui logo encontrando novas utilidades para aquele aparelhinho: marcar hora para buscar os filhos ao cinema e às festas, falar-lhes no intervalo das aulas, fazer algumas recomendações ou buscá-los quando precisavam sair mais cedo ou de alguns cuidados especiais, como febre, dor de cabeça e cólica, se as crianças são, cada dia, mais precoces com relação às atividades sociais, por que não os bebês entrarem logo nesses novos tempos de uso da tecnologia.

Depois do celular, o "orelhão" foi aposentado; os que resistiram ao vandalismo normalmente ficam vazios a maior parte do tempo. Telefone fixo, esse ninguém quer mais. O que isso significa? Ora, é cada um com seu carro, com seu quarto – quase uma casa –, com seu(s) aparelho(s) de celular, computador, *ipod*, *ipad* e outros *gadgets*. Nós estamos nos tornando cada vez mais individualistas e, ao mesmo tempo, nos multiplicando por meio do virtual e do instantâneo. E como fica a questão do descartável nisso tudo? Bem, é melhor parar a reflexão por aqui.

Ainda bem que Ediléia não falou sobre o fato de surdos e mudos também estarem usando o celular, pois essa história não teria mais fim. Imagino Edileia às voltas com perguntas: "Seria isso possível"? "Será que chegaríamos a esse ponto"? "Isso não é totalmente contra a lógica"? "Será o fim do mundo"?

E já ia me pegando com reflexões do tipo: "os surdos e mudos podem ler e enviar mensagens; o cego terá alguma dificuldade, mas sempre se encontra um jeito, mas em compensação poderia falar ao celular". Depois, andei reformulando meus conceitos e conclui: "com o avanço da tecnologia tudo é possível". Se hoje tetraplégicos já usam computador apenas movimentando a cabeça ou os olhos, teclam com o queixo ou uma vareta presa na boca... Cegos e surdos também trabalham com alta competência nos computadores. E depois, avançaremos ainda mais nas conquistas tecnológicas: quem sabe uma voz sintetizada, movida pelo cérebro; quem sabe um ouvido biônico? Então, caro leitor, já não acho tão absurda a conversa da Edileia. Talvez tudo isso seja só uma questão de tempo.

Alguns dias depois, chamei Ediléia e finalizei aquela conversa atravessada: tive que lhe dar alguns esclarecimentos, que julguei necessários, para que ela não ficasse imaginando bebês, surdos e mudos falando ao celular sem mais nem menos. Informei que quando se diz uma linha de telefone por habitante, não quer dizer que cada um a possua; trata-se de uma média, ou seja, alguém tem dois ou três e isso faz subir a média. Desse modo, como em tudo o mais num país desigual como o nosso, alguns têm muitos, outros não têm nada. O mesmo acontece com a média de carros por habitante no DF. E o que fez aumentar tanto o número de linhas por habitante foi o fato de que algumas pessoas possuem todas as linhas possíveis, com chips de empresas diferentes, o que barateia o seu custo para uso no trabalho ou para falar com amigos e parentes. Outros fatores também contribuíram para isso: a popularização desse meio de comunicação, a redução do custo, a maior competitividade, os avanços tecnológicos, o fato de Brasília ter a maior renda *per capita* do país e parecer uma única área urbana, com alta densidade de consumidores, como explicou o especialista da ANATEL, aquele mesmo do começo desta crônica. Graças a isso, foi anunciado que a Capital "será a primeira do Brasil a ter internet móvel de quarta geração", o famoso 4G, dez vezes mais rápido que o 3G.

Por falar em preço, no início os aparelhos eram importados e custavam quase mil reais. Hoje são produzidos no Brasil, custam uma pechincha e algumas empresas até fazem doação quando comercialmente lhes interessa, ou trocam por pontos, cobrando pequena diferença nos mais sofisticados. Confesso que a atitude espevitada de Ediléia me fez refletir sobre o assunto e imaginar até onde pode chegar o celular e, de quebra, fazer algumas correções de estatística e proporção. Minha grande preocupação agora é que o Estado natal dela, lá no Meio-Norte, é o último da lista, com apenas 0,6 celular para cada morador. Rezo todos os dias para que ela não faça as contas e conclua que lá cada habitante fala em meio celular.

4.
Entre a gentileza e a selvageria

Pode parecer um paradoxo, mas Brasília vive entre a gentileza e a selvageria. Logo na entrada da cidade lê-se a placa "Aqui não costumamos buzinar". Que lindo: de fato, viver numa cidade grande, no trânsito louco e atravancado como acontece em São Paulo e Rio, e ainda receber buzina na cabeça, é demais. Quem já sai estressado do trabalho e busca o repouso em casa, às vezes demora até duas horas para finalmente chegar à garagem. Sem buzina e com boa música é até razoável. Mas com buzina é infernal. Ninguém fica alheio e pode sair tapa ou até tiro. Nenhum cristão resiste a essa tortura.

O não uso ou o uso comedido da buzina é algo que diferencia Brasília das demais metrópoles. Parece que os motoristas entenderam o recado e hoje concordam que buzinar não adianta nada se o trânsito está parado, como na Saída Sul em dias de chuva ou nos Setores Comercial Sul ou de Autarquias. Resta ao motorista tentar relaxar e encarar o fato como situação incontrolável, nada se pode fazer.

As faixas de pedestres: outro exemplo de gentileza de vários anos, em que Brasília foi pioneira no país. Parar para os pedestres atravessarem a rua é algo civilizado, é a convivência pacífica e saudável homem-máquina, sem que esta faça prevalecer sua força e poder de destruição e de morte. Quando foram implantadas, houve necessidade de alguns sinais de alerta, como a faixa branca delimitando onde o carro deve parar, a iluminação complementar intermitente do tipo pisca-pisca, e a indicação da intenção de atravessar, o que é feito levantando-se o braço, para chamar a atenção do motorista e evitar que ele, distraído, avance além do limite e atropele o coitado do pedestre. Hoje a população está acostumada com a novidade e os motoristas sabem que a ordem é para ser respeitada. Com essa medida simples, Brasília deu um grande exemplo e passou a ser modelo de civilidade para o resto do país.

A selvageria fica por conta, por exemplo, dos vândalos pichadores. Como é triste passar pela W3 Sul e ver aqueles prédios antigos pichados de cima a baixo, com inscrições que ninguém entende, mas que parecem dizer "minha gangue esteve aqui", "sou o dono do pedaço", "sou esperto, ninguém me pega". Além de sujar a paisagem, as pichações causam prejuízo aos proprietários e à estética da cidade. Não contentes em pichar prédios particulares, alguns passaram a atacar locais públicos e até construções objeto de tombamento. O muro da Catedral e o Teatro Nacional já foram alvo de vandalismo, numa afronta à civilização, aos moradores e à Administração da cidade. Sei que é impossível prender todos os pichadores de uma vez, ou manter vigilância noturna permanente. Fico torcendo para que um dia alguns desses vândalos sejam presos e processados. Isso provavelmente desestimularia futuras ousadias. Enquanto reinar a impunidade, teremos que conviver com as pichações. Infelizmente.

Selvagens são também os atos praticados por maus motoristas. O mesmo trânsito – gentil pela presença silenciosa das buzinas e das passagens de pedestres – é selvagem por culpa de alguns maus motoristas, que se sentem os donos, ou as donas, da rua, não ligam a seta, convergem à direita ou à esquerda sem qualquer aviso, como se estivessem numa via particular, esquecendo-se dos demais motoristas e dos pedestres.

Dois pontos são marcantes na Capital. Na hora da ultrapassagem de um veículo para ingressar à direita, o motorista brasiliense jamais se acomoda atrás do seu carro; ele força a passagem, espreme-o e vai encaixar-se na frente. Quem assim faz, parece querer dizer "primeiro eu", "quero levar vantagem aqui", "não posso perder tempo". E são apenas alguns segundos. A sensação que se tem é que se está numa competição e que o outro corre mais do que você para fazer a *pole position*, brigando por milésimos de segundo. Na verdade, é falta de educação mesmo.

Outro ponto é o encaixe na via principal de quem sai da via secundária, como nas tesourinhas ou nos acessos da L2 Sul. Alguns educados permitem que você entre, aguardam que isso ocorra, às vezes dão sinal com as mãos e até esperam uns segundos, mas nem todo mundo é assim. Outros encostam seu veículo na traseira do carro da frente com o claro objetivo de impedir que você ali ingresse. Que me desculpem as mulheres, aliás gentis e excelentes motoristas, mas algumas não gostam de ceder espaço. Acho que o mais civilizado seria intercalar os veículos que chegam com os carros que trafegam pela via principal.

Os problemas não param por aí, todavia. O que se pode dizer do som de alguns automóveis, que mais parecem trios elétricos? É um inferno quando um carro desses passa pela quadra ou pela rua ou estaciona em frente a nossas casas ou nas quadras residenciais, e quase sempre aos domingos ou à noite. E a irresponsabilidade do álcool ao volante? Quantas mortes poderiam ser evitadas! Que dizer também do celular ao ouvido enquanto se está dirigindo? E dos graves acidentes que acontecem todo dia pelo abuso de velocidade nas vias abertas? Parece uma volta às cavernas, à barbárie, ao tacape.

5.
O curioso *marketing* brasiliense do sexo pago

Num domingo desses, li o jornal brasiliense de maior circulação – mais gordo do que nos outros dias da semana. Com tempo sobrando, li quase tudo e, no final, dediquei-me a esmiuçar os Classificados. Compra-se de tudo; vende-se de tudo; aluga-se muita coisa, há recados e mensagens... Na última página, a de número trinta, vendiam-se pontos comerciais, celulares, pacotes de viagens ou de temporada. Um terço dessa página trinta, curiosamente, é ocupado por anúncios do *marketing* de uma insólita prestação de serviços: o do sexo pago. Três das dez colunas fazem apologia da beleza feminina, com descrições de dotes especiais ou facilidades exclusivas. É visível o intuito de vender enaltecendo-se o produto, enumerando-se as qualidades ou destacando algum diferencial que possa chamar a atenção de eventual interessado.

Lógica do mercado: se existe produto ou serviço à venda é porque há procura; se há procura há sempre alguém que se ofereça para supri-la. Podem achar absurdo, mas até aspectos econômicos, psicológicos, sociológicos e financeiros podem ser observados nesse segmento compartimentado e, ao que parece, em franca expansão.

Nunca foi dito que esse tipo de publicidade é ilegal ou proibido. Por isso, os jornais diariamente trazem algumas colunas de anúncios, indicando uma maior concentração nos finais de semana. E como é *business*, ganham dinheiro com isso. Se fosse proibido, esses jornais seriam processados. O mesmo aconteceria se as mensagens fossem ofensivas ou envolvessem menores. Mas parece que os jornais têm uma visão comercial:

trata-se de apenas um negócio, um anúncio como tantos outros. E se não é considerado crime ou contravenção...

Algumas observações foram feitas logo de início na minha leitura: a grande maioria das autoanunciadas começa pela letra A. Há alguma razão mercadológica para isso ou será um critério de justiça do jornal? Mas por que tantos nomes que começam com a letra A nesse segmento do mercado? É impossível que tanta gente tenha nome iniciado pela letra A, mesmo em se tratando de pseudônimo, ou do popular "nome de guerra". Parece que o raciocínio é o seguinte: se a ordem é alfabética, é melhor ter um nome que apareça logo, vai que o eventual interessado é preguiçoso, ou impaciente, e quer concluir a pesquisa rapidamente. Coitadas, então, daquelas que usam nomes começados por V, Y e Z. Vitória, Yasmin e Zelda deveriam mudar urgentemente de profissão ou adotar outro apelido. Ainda bem que posso citar esses nomes como exemplo porque eles não estavam lá e assim não corro o risco de ser processado.

Em geral, os anúncios são individuais, alguns em dupla, poucos por atacado, anunciando mais de dez ao mesmo tempo. Significa que é um ramo que pode ser tocado por uma pessoa isoladamente, sem necessidade de formalizar-se, criar pessoa jurídica e fazer contabilidade. Essas pessoas trabalham por conta própria. Pelo visto, não dão recibo nem nota fiscal. Pensando bem, acho que nenhuma delas, afinal de contas, fornece comprovação do consumo do serviço mesmo!

Outro fato chamou a atenção de cara: algumas anunciantes são mais desinibidas e se expõem mais, e outras utilizam o artifício das agências de relacionamento liberal, aquelas que prometem mil amores. Ou seja: não se anunciam diretamente, mas o fazem por meio de um intermediário, a agência, que dá descrições pormenorizadas e utiliza sempre a letra A, certamente para fazer a promessa de resultado positivo e retorno rápido. Nesse caso, há um pseudônimo único, o que permite a primeira colocação sempre. Mas logo depois do nome começado pela letra A vem a verdadeira identificação, ou pelo menos aquela que desejam mostrar. No jornal daquele domingo existiam seis desse tipo: fazendeira traída, loira 33; empresária, fantasia muito louca, 26; servidora lésbica 32; casal bonito e A., arquiteto, 35. Nem imagino porque essas pessoas utilizam o caminho indireto; talvez sejam tímidas ou seletivas, talvez queiram analisar melhor o pretendente antes que as práticas comecem, talvez queiram atiçar as fantasias dos clientes. O maior número era de mulheres, mas treze se apresentaram como travestis, usando nome feminino. Existiam alguns ativos, duas lésbicas, um transexual e até um casal.

Inocentemente, acho que, para essa finalidade, não seria obrigatório ou necessário declarar a origem, mas algumas garotas fazem esse destaque. Certamente deve ser uma estratégia para atrair iguais ou aproximar diferentes, num verdadeiro cruzamento dos Estados da federação. Pode ser que o interesse seja por uma pessoa do mesmo Estado ou exatamente de Estado diferente. Foram localizados anúncios de duas maranhenses, duas cariocas e duas goianas e um de paulista, catarinense, sergipana, gaúcha e tocantinense. Nos outros dias, com certeza, devem aparecer outros Estados ou todos ou até muita gente daqui mesmo.

Em geral são brasileiras, já que nenhuma se declarou estrangeira. Uma ascendência, porém, chamou a atenção: a japonesa. Sete delas anunciaram e fizeram questão de dar garantia: "se não for, não fique", "100% legítima". Ou elas são muito corretas ou alguém andou vendendo "gato por lebre". Uma "clínica" anunciou em atacado: "japonesas direto de São Paulo para amar".

Que me perdoem as morenas, mas as loiras prevalecem e fazem questão de dizer que são loiríssimas, loirinhas ou loiraças: total de vinte e nove. Tomei conhecimento de tons específicos de morena: bronze, clara, canela, jambo e tropical. Existiam também mulatas e uma negra. Afinal, esse país é miscigenado e multirracial.

Um número grande de garotas fez questão de dizer a idade, o que se pode entender como outra estratégia de *marketing*, pois, logo em seguida, são indicados o peso, a altura, a cor da pele, e detalhes sobre rosto e corpo. Aquelas que se garantem chegam a afirmar: "sem decepção", "deixo ver antes" ou "abro a porta nua". Essas realçam a beleza física, dizendo-se "linda, lindíssima, sexy, lisinha, uma tentação". Algumas destacam o corpo escultural, os seios duros, "furando a blusa". Acrescentam algumas: "linda de corpo e rosto", "perfeita dos pés à cabeça". A idade varia entre 18 e 24 anos, que as mais jovens dizem "aninhos"; acima disso parece que não há interesse em informar a idade. Como argumento definitivo, algumas se dizem: iniciante, inocente, estudante, patricinha, novata ou universitária. A jovialidade parece ser um trunfo usado como atração, pois quem tem acima de 25 simplesmente não anuncia a idade, salvo as "coroas" que atuam em outra faixa.

Quase sempre são utilizadas expressões pitorescas, chamativas ou provocantes, do tipo: "lábios de mel", "segredinho que você vai adorar", "rosto bem definido", "corpo feito a pincel", "adoro coroas", "corpo sarado toda durinha", "separada e carente", "vale tudo entre quatro paredes", "de tirar o fôlego", "nota 10 em carinho", "faço algo a mais", "faço como namoradinha", "estilo estudante", "doida por prazer". Há também as "namoradas de verdade", "patricinhas", "bb de perder o juízo", "estilo índia". Uma única resolveu dizer que é "moça inocente: se você for carinhoso faço algo a mais porque só tive um namorado". Talvez esse anúncio esteja em local errado.

Ao que parece, o atendimento é feito em lugar fixo, às vezes indicado no próprio anúncio. Três delas parece que se ausentaram da cidade e estão de volta para nova temporada. Isso talvez sirva para atiçar os contatos anteriores, como se afirmasse: "cheguei", "voltei", "venha de novo".

No quesito altura, as anunciantes variam de 1,50m a 1,80m. A mais alta, de nome A., disse ser pós-graduada em Educação Física. As baixinhas fazem questão de dizer a altura. Será um convite aos também baixinhos? Ou será que alguém tem predileção por baixinhas? Nesse ramo democrático, tudo é possível.

Entre os anúncios há um número razoável de pessoas acima dos 30 ou que se declaram "coroas". Para essas, o *marketing* parece ser mais difícil. Já que não podem usar a juventude como chamariz ou sequer revelar a idade, usam de outros artifícios, palavras bombásticas, frases mais fortes, promessas mais ousadas, insinuações palpitantes. S. 40 anos, talvez se dirigindo a homens inexperientes, prefere tomar a iniciativa: "deixa que eu faço do meu jeito"; T, 32 anos, afirma que "nunca fiz! Só hoje". M., "coroa" que não quis informar a idade, diz que vai fazer "o que as outras apenas prometem". Para se descreverem e realçarem seus dotes, algumas usam a sigla BBG, ou palavras como "mulherão", "boazuda", ou "exótica". Outras anunciam: "coroa carente, bb maçã", "coroa fogosa prazer em dobro". J. disse ser uma "coroa enxuta, safada, liberal". P, dirigindo-se ao seu público, diz que faz "todo tipo de brincadeira para senhores de alto nível e bom gosto". A., 30 anos, bb 110, jacta-se de sua performance: "ninguém faz como eu faço". Nada modesta! Engraçada e piadista mesmo foi E., que fez essa pergunta: "Você não é rei, mas gosta de uma coroa" Em seguida, informa o celular.

Algumas mulheres, às vezes, informam a cor dos olhos: azuis ou verdes. Se for de outra cor, prudentemente não se diz nada, o que é compreensível num país de morenos. Outras informam o peso, em geral em torno de 50 e 60 kg. Da mesma forma, mais do que isso ninguém fala nada. Outras, ainda, sabendo da "preferência nacional" dizem o tamanho, o que é traduzido em números: 110, 113, 130. Há também quem afirme ter seios grandes ou enormes.

Não diria que foi uma leitura exatamente agradável e proveitosa, nem que tenha acrescentado algo de cultura. Mesmo assim, valeu a pena, pois permitiu conhecer um pouco mais da miséria humana da Brasília real, ou uma fatia de seu mercado do prazer.

6.
Setembro das cigarras

Há algum tempo um jornal local empenhou-se em identificar o animal típico do Cerrado, a região onde está Brasília. Uma enquete foi feita. As opiniões variavam. Nesse período, a cidade teve uma movimentação diferente. Quem venceria a eleição? Que bicho seria esse? Na final estavam um peixinho de cujo nome ninguém se lembra e o lobo guará. Este último foi logo descartado com o argumento de que existia em outros lugares, ou seja, não seria típico daqui. De modo que prevaleceu o peixinho que ninguém conhece, ninguém viu; só ouviu falar, e os mais novos nem isso.

Na época, não quis participar da celeuma, não votei, nem dei qualquer opinião, se é que tinha alguma. Abstive-me. Quieto estava, quieto fiquei. Depois fiquei pensando: "coitado do lobo-guará". Será que ele merecia ser descartado de maneira tão cruel? Eu até que gosto do bicho. Acho-o simpático, desengonçado, tímido, um cachorro de pernas compridas. Só não gosto da demarcação de território que ele faz: não existe urina mais fedida. Confira no zoológico.

Hoje, se tivesse nova enquete, eu votaria na cigarra. Ela pode não ser daqui, pois é do Brasil inteiro, mas nenhum brasiliense teria a audácia de dizer que não a conhece, nunca a viu ou nunca ouviu seu canto. E vem em grande número, que é para não deixar dúvida. É só chegar setembro e elas aparecem. E cantam, e cantam. O dia todo, a noite inteira. Parece que o bicho vive para cantar; não sabe fazer outra coisa. Pois isso lá é verdade: depois que nasce, a cigarra só sabe fazer quatro coisas: voar, alimentar-se, cantar e acasalar-se. Trabalhar que é bom, nada! Por isso, elas foram parar na fábula e perderam a disputa para as pequenas formigas que carregavam sua própria comida. Depois disso, ou elas morrem (naturalmente) ou são vítimas dos predadores, o que quer dizer que, pelo menos, participam da pirâmide alimentar.

Votaria na cigarra, também, porque ela é um animalzinho curioso: nasce do nada e some, vai para o nada, tudo isso em dois meses. Quando tinha tempo sobrando, andei estudando a vida delas e conclui algumas coisas que só um biólogo poderia confirmar: o acasalamento se dá nas árvores, o canto serve para atrair os machos; logo após o cruzamento a fêmea expele o óvulo fecundado – aquela chuvinha que a gente recebe na cabeça sob as árvores no início da primavera. O óvulo aos poucos penetra no chão com a água da chuva e fica lá por quase um ano, desenvolvendo-se e hibernando, até que, na fase adulta, a larva encasulada, logo nas primeiras chuvas – normalmente em setembro, quando a terra fica mole e permite – elas cavam um buraco circular, saem de lá e vão se arrastando até a árvore mais próxima. Uma vez na árvore, grudam suas patas na casca do caule e começam a se soltar da cápsula transparente, que deixam grudadas ali mesmo. Já libertas da carapaça, voam para a árvore mais próxima. Alimentam-se de seiva, crescem, e, em pouco tempo, estão cantando. Sua vida dura em torno de dois meses, de setembro a novembro; fora desse tempo não se ouve o seu canto (pois as larvas estão se formando embaixo da terra). É o tempo suficiente para alimentar, voar, cantar, acasalar, morrer ou ser comida. Podem achar muito cruel, mas é exatamente isso o que ocorre: o que sobra delas, além da casca seca, é a lembrança de seu canto e o óvulo para continuar a espécie. A natureza é assim.

Ao contrário de muita gente ansiosa e impaciente, o canto da cigarra não me irrita nem incomoda. O mês de setembro, que já é bonito, pelas floradas e a volta do verde aos jardins, fica sonoro e faz-nos sentir que a vida está renascendo. É a natureza que canta.

7.
Brasília em tupi-guarani

Poucos se dão conta, mas é forte a influência da língua indígena na nova Capital. Há quem pronuncie uma palavra de tupi-guarani e fique pasmo com a beleza de sua estrutura. Às vezes são nomes sonoros, que representam força; quase sempre identificam acidentes geográficos, palácios, cidades, bairros, condomínios, ruas e alamedas. Há toda uma coerência na formação das palavras: os prefixos e os sufixos têm sentido permanente. "Ita" é sempre pedra, "Pará" é água, "Guará" é garça, "Tinga" é a cor branca, "porã ou poranga" quer dizer bonito e "mirim" é pequeno e "açu é grande". A soma das duas partes dá um resultado fantástico: Ita + poranga = pedra bonita. Por vezes, alguns acreditam que se trata de palavra de origem portuguesa, mas estão falando mesmo é o velho tupi-guarani.

Em Brasília fica a Fundação Nacional do Índio, abreviada para FUNAI, como também o Museu Nacional do Índio, este lá pelas bandas da sede do governo do Distrito Federal. Ali não se fala a língua indígena, salvo quando eles resolvem aparecer e reivindicar alguma coisa. Um índio já foi queimado vivo quando dormia na praça ao lado da W3 Sul. Aqui os índios podem protestar, ocupando prédios públicos, quando têm alguma reivindicação a fazer – e têm muitas e quase sempre procedentes, dado o descaso com que são tratados os originários donos da terra. Mas deveriam fazê-lo sem baderna ou quebra-quebra. Já teve até deputado federal. Quem não se lembra do Mário Juruna, com seu inseparável gravador? Alguns desgarrados acabam formando invasões ou morando ao relento, ou debaixo de árvores ou pontes, mas essa não é a regra.

O toponímico Brasília, como se sabe, nada mais é do que a versão feminina do nome do país, que, por sua vez, deriva do pau-brasil. Não são de origem indígena, por exemplo, Alvorada, Esplanada, Planalto. Mas pelo menos três imponentes palácios da Capital ostentam nomes tupi-guarani. **Itamarati**, denominação da sede do Ministério das Relações Exteriores, desde o Rio de Janeiro, significa "água entre pedras claras". Para muitos e para mim, a mais bela concepção de Niemeyer em Brasília. O espelho d'água ajuda a dar leveza ao conjunto. **Jaburu**, sede da Vice-Presidência da República, é o nome indígena para uma ave pernalta de papo cheio, de corpo branco, bico preto e pescoço vermelho; muito encontrada no Pantanal e no Araguaia. Também chamada de tuiuiú. **Buriti**, sede do governo local, significa "palmeira que emite líquido", representada pela existente na praça central em frente ao palácio. Adapta-se muito bem às regiões alagadas e pantanosas. É um dos símbolos do Cerrado.

A influência, no entanto, não para por aí. Várias cidades têm nomes de origem indígena. **Taguatinga** é traduzida por "barro branco", o mesmo que tabatinga, argila. **Guará** significa "garça". Alguém já disse que o nome dessa cidade deve-se à existência do lobo guará, animal típico do Cerrado. É até possível essa ligação, porque não se sabe se ali antes existia garça. Pode haver alguma aproximação entre a ave e o lobo, mas isso só se for pelas pernas altas e desengonçadas que ambos têm. O mais provável, no entanto, é que se refira à ave. Em outros Estados, como São Paulo e Espírito Santo, também existem cidades com esse prefixo, sempre significando garça. **Samambaia** vem de *sama* (corda, fio) *mbai* (trançado, emaranhado), planta ornamental de hastes longas caídas; muito comum nos jardins residenciais e nas floriculturas. **Paranoá** quer dizer "rio largo". O prefixo "para" significa sempre água, rio. Por isso mesmo, Paraná e Paranã têm o sentido de "rio caudaloso".

Outras localidades: **Itapoã** é "ponta de pedra", **Arapoanga** (ou arapoã) é abelha. **Taquari** vem a ser bambu, haste furada, oca, vem de taquara. Com y mudaria um pouco o sentido: "rio das taquaras". **Itiquira** quer dizer "água fervente", ou seja, água que mina, olhos d'água, fonte. É a soma de *y* (água) com *tykyr* (vertente). **Ingá** é bruto em bainha branco e adocicado. Já no Entorno, **Paracatu** é "rio bom" e **Unaí** é "grãozinho, baguinho". **Corumbá** vem a ser rio, cachoeira ou represa.

E tem gente que ainda acha pouco! É só fazer uma viagem pelos condomínios, avenidas, ruas e alamedas, principalmente em Águas Claras, núcleos rurais ou colônias agrícolas, e lá encontrarão uma infinidade de nomes originados da língua indígena: sucupira, taquara, carnaúbas, piracicaba, pitangueiras (derivação de pitanga), além de outras.

Calcula-se que a língua indígena tenha contribuído com mais de dez mil palavras para o português falado em nosso país. O Brasil conseguiu fazer verdadeira simbiose entre o português de Portugal e o tupi-guarani, enriquecendo nossa língua do lado de cá do Atlântico, a ponto de se dizer que o português do Brasil tornou-se maior do que o de Portugal. Daí o espanto deles quando se pretendia registrar lá uma criança com nome indígena, que simplesmente desconheciam, como Yara, Jandira, Jupira, etc. E Brasília, cidade nova, com meio século de existência, tem sabido conviver com esses nomes, por vezes estranhos, que são a nossa cara e que contribuem para demarcar a nossa identidade.

8.
Cidade comportada e rebelde

Quem vê de fora sempre acha que Brasília é uma cidade comportada. Afinal, tem projeto urbanístico rígido que foi tombado como Patrimônio da Humanidade. E isso, em si, já retira a possibilidade de grandes mudanças. Tanto que a Esplanada dos Ministérios e a Praça dos Três Poderes estão intocadas após cinquenta anos da construção. Uma árvore a mais, outra a menos; carros estacionados fora de lugar por falta de vaga, mas nada que desfigure o plano original. Algumas ruas novas foram abertas para dar conta de tanto carro e facilitar acessos à área central, que funcionam nos arredores, mais como complemento do que alteração significativa. Essa é a visão da cidade que se comporta dentro do traçado pensado à época da construção. Essa é a Brasília que o turista conhece. É a cidade oficial.

Quem mora aqui, no entanto, sabe que Brasília não é tão comportada como parece. Ao contrário, a Brasília real é até rebelde e informal, que procura suas próprias soluções, que abre caminhos, improvisa e muda na prática o projeto original. É só andar pela cidade para conhecer a verdadeira Brasília.

Nos gramados da Esplanada dos Ministérios, que não deveriam ter caminhos de pedestres, a necessidade de ir de um lado para o outro, aos poucos, foi criando essas passagens de terra, em forma de x, cortando o tapete verde. Não estavam previstos, mas a população tem que ir de um lado a outro e é muito exigir que utilizem os retornos asfaltados mais próprios para veículos e situados a grandes distâncias.

Nas quadras residenciais, a situação se repete; além das calçadas, caminhos alternativos são criados pelos pés dos moradores. Nas quadras comerciais, que pouco têm de verde, acontece diferente, a grama some pela ação dos carros que estacionam sobre ela de segunda a sexta-feira, asfixiando-a aos poucos.

A grande inovação do projeto, a setorização, acabou um pouco desfigurada. Hoje já não se justifica chamar de Praça dos Tribunais Superiores, onde está apenas o Superior Tribunal Militar, o único que ostenta essa hierarquia. De lá já saíram o STJ, o TSE e o TST. Hoje ali estão alguns Tribunais Regionais, como o TRT e TRF da 1ª Região. Temos, então, um impasse: ou bem passa a ser Praça dos Tribunais Regionais, ou ganha nome genérico como Praça da Justiça. O setor de autarquias atualmente é mais comercial e de prestação de serviços do que de órgãos da administração indireta. Há até banco, CEF, e muitos prédios comerciais de escritórios, com salas e lojas. Já o Setor Comercial Sul tem órgãos públicos junto com empresas privadas. Deixou de ser só comercial.

A Brasília real também revelou que as quadras comerciais locais da Asa Sul foram mal projetadas, não têm garagem sob os prédios, existem poucas vagas para estacionar, quase todas ocupadas logo cedo por funcionários e proprietários das lojas. Como o espaço interno era pequeno, a solução natural foi o "puxadinho", essa invenção brasiliense que permitiu a invasão de áreas públicas e calçadas, ora fechando o espaço entre os blocos, ora construindo provisoriamente na parte de trás, de forma improvisada, em desalinho, fora de padrão e com materiais inadequados. Decidiram regularizar essa ocupação desordenada de espaço público, mas nada foi feito de concreto: tudo continua desorganizado e feio como antes. Pelo jeito, a fiscalização, inoperante, não está muito interessada em mudar as coisas.

O pior mesmo é a falta de controle das áreas públicas entre os prédios residenciais da Asa Sul. Quiosques aparecem misteriosamente sobre gramados e calçadas, da noite para o dia. Na 215 Sul, um deles tem energia elétrica da CEB e fez festa de aniversário de 20 anos de ocupação. Os pontos de taxi na entrada das quadras, salvo raras exceções, são casinhas improvisadas, às vezes de lata, com telefone. Vende-se de tudo na rua: frango assado, lanche, cachorro quente. Existem muitas costureiras, chaveiros, sapateiros e amoladores. Já vi também Kombi velha sem pneu e sem motor, servindo de abrigo para esse tipo de serviço. As bancas de jornal não têm um padrão identificável. Os pontos de ônibus são de dois tipos. Na área mais nobre para propaganda – Eixinhos L e W – foram colocados equipamentos metálicos, mas minúsculos, pois o que mais importava era o espaço publicitário. No restante, onde não houve interesse comercial, os pontos são aqueles antigos, de concreto, pequenos. Não abrigam nem dez pessoas em pé, quanto mais cem ou duzentas crianças na hora da saída da aula, como no colégio Maristinha, na 409/410. O pouco espaço, às vezes, é reduzido por lonas, carrinhos e prateleiras de vendedores ambulantes. O pior é quando chove no horário de saída das aulas: dez estudantes se acomodam no espaço ínfimo e outros noventa tomam chuva.

Por falar em L2 Sul, numa quadra central, existe uma garagem de empresa de turismo e transporte escolar, com grande volume de ônibus e oficina de manutenção, embora não seja permitido esse tipo de negócio naquela área.

Na Asa Norte, que tem construções mais novas e modernas, o que destoa são aquelas ruas estreitas formando labirinto e o comércio praticado fora das lojas, ocupando as calçadas e o pouco que restou de estacionamento. Já os prédios comerciais locais são mais imponentes e vistosos, com acesso pelos quatro lados, bem diferentes da Asa Sul. Bastou adotar esse modelo para afugentar os "puxadinhos". Invasão de área pública ainda existe, mas não chega a incomodar tanto, porque foram urbanizados os espaços entre os blocos, até com jardins ou espaços de lazer. A falta de estacionamento, no entanto, não difere da Asa Sul: nos subsolos, onde deveriam existir garagens, existem lojas e salas.

Pelo visto, Brasília não gostou de ser tão comportada; humanizou-se com a rebeldia e a informalidade. E a complacência das autoridades.

9.
A Brasília que não deu certo

Projetada e construída há cinquenta anos, dentro de modernos padrões de arquitetura e urbanismo, quem ousaria dizer que algo não daria certo em Brasília? Em cidades antigas até que se encontra justificativa, mas numa cidade de apenas meio século, fica difícil de explicar. Alguns acharão temerária a resposta afirmativa. Outros dirão que apontar defeitos é coisa de quem não gosta da bela Capital.

Nada disso! Ao contrário, as pessoas que moram aqui e adotaram a cidade como sua, são as que mais observam o que não está certo, o que foi pensado e feito para dar certo, mas não deu, e, por fim, o descuido generalizado com calçadas, recantos, parques, prédios e ruas.

Vamos lá. Há uns trinta anos existia na W 3 Sul a chamada "Onda Verde", onde o sinal ia abrindo sucessivamente, de modo que o motorista praticamente não precisava parar no vermelho. Ao que parece, o semáforo era regulado de acordo com o tráfego de veículos daquela época. Abriam em sequência. Dos anos oitenta em diante tudo mudou. O excesso de carros e de sinais obriga os motoristas a longas paradas para cruzarem a pista e entrarem na direção desejada. Sem esses sinais o caos seria total, é verdade. Mesmo com eles, no entanto, nos horários de pico, a W3 fica simplesmente travada em vários trechos. Que pena! A ideia era boa, mas teve vida curta.

No que seria a parte traseira do avião do Plano Piloto, do outro lado da via EPIA, há tempos foi construída a Rodoferroviária. Uma grande ideia, pois funcionaria, e funcionou, ao mesmo tempo como terminal de ônibus interestaduais e trens, integrando-os. O primeiro tiro de morte foi o fim do trem de passageiros que fazia Brasília-Campinas-São Paulo. Sem ele, a parte ferroviária ficou desativada. Não há gente para embarcar, nem trem de passageiros. Lá ainda continuam visíveis vagões de combustível e carga. O segundo – e definitivo – foi a constatação de que era a rodoviária mais poluída do mundo, porque o embarque era no subsolo, junto com os motores dos ônibus em funcionamento, expelindo gás carbônico, poluidor e nocivo à saúde. Sem outra solução, não restou alternativa a não ser construir uma rodoviária nova, também à beira da via EPIA, do lado oposto, mas agora integrada ao Metrô e ao Parkshopping. Com isso, foi-se para o espaço a Rodoferroviária, ainda sem passageiros e ainda poluída. O prédio está lá, mas dela mesmo não resta nem saudade.

E os predinhos JK das quadras 400 Sul, construídos ao nível do chão, sem subsolo para garagem e sequer pilotis. Que coisa deprimente vê-los com revestimento caído, roupas penduradas nas janelas, pichações por todo lado! Os de pilotis ainda se salvam e são bem cuidados.

No comércio local sul, como todo mundo sabe, os problemas são os indefectíveis e resistentes "puxadinhos", os estacionamentos da parte da frente, que ficam lotados logo cedo e as detestáveis filas paralelas, trancando os carros estacionados corretamente e as buzinas derivadas do caos. Ainda bem que a Asa Norte, naquilo que foi construído bem depois, adotou novo modelo.

O Cine Brasília, coitado, funciona praticamente uma semana por ano, durante o Festival de Cinema. Fora disso, é uma pasmaceira só. E lembrar que ali funcionava o cinema de arte! Até o afixador de programação no pátio, construído de metal, está todo enferrujado e ameaçado de desabamento.

Não podemos nos esquecer das casas da W3 Sul. Deveriam ser casas de bom padrão, como as construções originais, mas não mansões de vários andares. E – isso é importante – seriam exclusivamente residenciais. Hoje, na maioria, não passam de pousadas, salões de beleza, a calçada servindo de estacionamento, etc. Foram construídas casas sobre casas; algumas viraram mansão sem jardim e sem piscina.

No início, achei muito engenhosa a solução das "tesourinhas". Aqui, pela primeira vez, ouvi esse apelido carinhoso que se dá aos trevos em torno dos Eixos Rodoviários Sul e Norte. O encanto durou pouco, porém. Apenas o tempo de vê-las entupidas de carros atrapalhando os eixinhos e, às vezes, o próprio "Eixão", ou alagadas vários dias do ano, como verdadeiro piscinão. E olha que rimou. Até o Corpo de Bombeiros tem sido chamado para resgatar pessoas ilhadas nos dias de chuva forte.

As paradas de ônibus são um caso a parte. Também não deram certo, porque não se prestam à sua única finalidade: cobrir os passageiros das intempéries enquanto esperam o ônibus. Nesse assunto, a falta de previsão foi total: ou são pequenas demais ou não cobrem ninguém. Nas satélites, por vezes, são na rua mesmo, sem cobertura e sem nada, só uma placa. Brasília, cidade nova e elegante, com certeza merece paradas de ônibus mais decentes.

As saídas de estação do Metrô também não resolvem muita coisa: as mais antigas são feias, pesadas e grandes, de concreto, parecendo marquise, mas razoavelmente espaçosas. As mais recentes, de concreto aparente e vidro, são bonitas, pequenas, estética e estruturalmente leves, mas não cobrem ninguém. Quem sai do Metrô para esperar ônibus, querendo ou não, tem que tomar chuva. E isso poderá demorar horas. Se o passageiro ficar escondido na estação, simplesmente não embarca, porque não verá o bonde passar. Se o cidadão sai, é empurrado para a chuva pelos que vão subindo depois.

Estacionamento, hoje dia, é coisa rara em Brasília, salvo se for pago. Vou citar apenas o Setor Comercial Sul, o de Autarquias, a Esplanada dos Ministérios e o entorno do Congresso Nacional e da Praça dos Três Poderes. Quem já tentou estacionar por lá, terá a melhor resposta. Desses lugares só gosta mesmo quem anda de carro oficial...

10.
Não basta construir

No Brasil, de hoje e de ontem, sempre houve aquela mentalidade tacanha e antiga de que o administrador que se preze deve construir, construir, construir. Isso deixa marcas visíveis, registros, vestígio, notícia em jornal, entrevistas, placas de inauguração, o povo acompanha, e o melhor de tudo, para os políticos, rende votos! Por isso, o esgotamento sanitário, por exemplo, ficou relegado ao segundo plano por décadas. Afinal, só interessa fazer aquilo que tem visibilidade.

Em Brasília não é diferente. Entre asfaltar uma rua nova ou tapar buracos de uma já existente ou recapeá-la, obviamente os políticos e administradores preferem a primeira alternativa. O que foi construído por outros não merece a mesma atenção. Talvez pensem assim: "Não foi feito por mim, dane-se"; "preciso deixar a minha marca"; "quero ser conhecido como um grande realizador, portanto não vou consertar obra alheia". Essa é a realidade!

Entre construir um prédio público suntuoso e conservar um antigo, mesmo que tombado, embora em uso e de grande utilidade, o que vocês acham que eles preferem? A suntuosidade, claro! "Obra nova aparece mais do que simples remendos" raciocinam. É como se estivesse carimbada uma obra pública: "feita por mim", pouco importando se os futuros administradores irão mantê-la e conservá-la. O que importa para essa gente de cérebro pequeno é a "minha herança", "o que vou deixar para a posteridade", e não o estado em que estarão as construções daqui a dez anos. Lastimável pensamento, lastimáveis efeitos!

É incrível que num Brasil candidato a potência mundial ainda se pense assim. Tão importante quanto construir é conservar, é cuidar, é limpar, é proteger, dar segurança, corrigir os defeitos. É não deixar poluir, nem visualmente, e lutar contras as pichações, as ofensas aos regulamentos e às posturas de gente pouco educada.

Se a conservação não fosse essencial, certamente não teríamos até hoje as maiores obras de engenharia já construídas. Já teriam sumido o Coliseu de Roma, o Cristo Redentor, o Louvre, o palácio de Versalhes, o Teatro Municipal do Rio de Janeiro, de São Paulo ou o belíssimo de Manaus. Mesmo após terremotos, dá-se um jeito de reconstruir e recompor.

Aqui em Brasília a mentalidade ainda não se desenvolveu. Ainda se pensa só nas próprias obras e não naquelas deixadas pelos antecessores. Para que conservar uma escola, se ela está funcionando? Ou se foi feita por outro. Preferível construir uma nova. Só que a reforma da anterior, quando for feita, custará quase o preço total da segunda. Sem contar os aspectos de higiene e segurança. Já vi gambiarras em escolas, fios desencapados perto dos alunos, telhados esburacados, louças sanitárias quebradas, torneiras arrancadas, banheiros com porta furada e rabiscada a faca. Um pouco disso é selvageria, mas outro tanto tem nome: é falta de conservação mesmo.

Hospitais? Em que estado os políticos e administradores deixaram os hospitais públicos? Forro caindo, goteiras sobre leitos e em centros cirúrgicos, banheiros sujos, lixo, gente deitada no chão segurando o próprio soro; uso repetido de material que deveria ser descartado... Mas se permitirem a um político administrador escolher, o que acham que ele escolheria? Construir um hospital novo, certamente, dando-lhe o nome de um parente ou de um patrocinador da campanha. Simples assim.

11.
Brasília, 25 anos

Para quem chegou em Brasília no começo dos anos 80, quando a cidade tinha apenas vinte e poucos anos, dá para notar uma grande transformação na cidade. Em todos os sentidos: no comércio, no entretenimento, nos prédios públicos, no ensino e na área de alimentação.

Naquele tempo o abastecimento era feito basicamente pela SAB, pela Cobal, pelo Panelão (que tinha um caldeirão de ferro na entrada), Casas da Banha (no subsolo do Venâncio 3000), Pão de Açúcar e Carrefour. Hoje, SAB já não existe. A Cobal trabalha com estoques reguladores, não mais atua na área de supermercado. Ou seja: a área governamental deixou a alimentação e o abastecimento apenas para a iniciativa privada, o que me pareceu acertado e saudável. Panelão foi vendido e trocou de nome. A rede Casas da Banha fechou sua única loja. Em compensação, surgiram Walmart, Extra, Big Box, Atacadão e novas lojas do Pão de Açúcar e do Carrefour. Todas têm vários filhotes, representados por lojas menores. Nessa matéria, Brasília está muito melhor hoje, sem dúvida.

Bons restaurantes eram poucos naquela época. Alguns deles já fecharam as portas, como Salamanca, La Fornarina, Cachopa, Intervalo, GAF. Outros daquela fase, tradicionais, de boa comida e esmerado atendimento, resistem bravamente: Vila Borghese, Piantella (que já foi Tarantella), La Chaumiére, BierFass, Mouraria, Le Français, Freds, Fritz. Restaurantes em shoppings, em clubes da Orla do Paranoá, no Pontão e perto da Ponte JK simplesmente não existiam. Hoje viraram moda. Nos dias atuais é incontável o número de excelentes restaurantes na cidade, que passou a atrair filiais de estabelecimentos famosos do eixo Rio-São Paulo e até franquias do exterior.

Já o comércio, este sim, deu um salto grandioso e qualitativo. Passou de uns três shoppings para uns vinte. Junto com eles vieram lojas famosas, praça de alimentação, boliche.

Triplicou o número de cinemas, quase todos abrigados na segurança do interior dos novos centros comerciais. Em compensação, muitos tradicionais foram fechados como, por exemplo, o Karin, aquele do Conic e os dois do Conjunto Nacional. Atualmente, o Píer 21 e o Parkshopping, por exemplo, têm mais de vinte cinemas, com programação variadíssima e lançamentos e pré-estreias às sextas, embora voltado para o chamado cinema comercial; o chamado cinema de arte ficou sem lugar na cidade.

Sempre existiram bons colégios particulares no Distrito Federal, mas eram acanhados, instalações mais simples, número menor de alunos. Desenvolveram-se de tal forma que hoje abrigam mais de mil alunos cada um e cobram altas mensalidades, comparáveis às do ensino superior. Faculdades? Há vinte e cinco anos Brasília tinha quatro: UnB, Ceub, UDF e Católica. Hoje tem mais de trinta. Proporcionalmente, deve ser a cidade que mais forma bacharéis em Direito nas suas vinte e pouco escolas.

Há 25 anos Brasília era restrita ao Plano Piloto e algumas cidades satélites. Atualmente, o Plano Piloto aumentou de tamanho, incorporou Sudoeste e Noroeste e apareceram condomínios lá pelos lados do Park Way, Jardim Botânico, Lago Norte e Lago Sul. Surgiram várias outras cidades, como Samambaia, Santa Maria, Águas Claras, Estrutural, Recanto das Emas, Riacho Fundo e Paranoá. Algumas foram planejadas; as outras resultaram de ocupação irregular. Uma delas, anteriormente, era um lixão. Outra era um amontoado de barracos de madeira. Hoje são cidades bastante povoadas e até com administração regional. Ou seja: foram acolhidas e assumidas pelo poder público distrital na linha da famosa teoria do fato consumado.

Por conta do tombamento, a área central de Brasília não pode ser modificada, principalmente a Esplanada dos Ministérios, que ostenta a mesma característica visual da época da inauguração. Os anexos, construídos posteriormente, não afetaram o conjunto, pois ficaram mais baixos e são pouco visíveis a partir da Esplanada. A Praça dos Três Poderes é a mesma de 1960, mas ganhou um anexo do STF, o panteão em forma de pombo, um mastro gigante e dois predinhos pequenos em homenagem a Niemeyer e Israel Pinheiro. Até o salão de chá foi recentemente ressuscitado, embora nunca se veja ninguém por lá. Já o Setor de Administração Federal Sul ganhou grandes e imponentes prédios, todos projetados pelo arquiteto: Procuradoria Geral da República, Superior Tribunal de Justiça, Tribunal Superior do Trabalho, Tribunal Superior Eleitoral e Tribunal Regional Federal da 1ª Região, este com a construção ainda em andamento. Talvez seja o caso de denominá-lo de Setor Judiciário, ao invés de Setor de Administração Federal.

Duas coincidências ocorreram quando Brasília fez 25 e 50 anos. Em 1985, o Presidente Tancredo Neves, doente e internado, não chegou a tomar posse e, para seu lugar, foi José Sarney. A primeira festa da democracia pós-64 foi reduzida e cheia de lágrimas. O trio elétrico do Chiclete com Banana, em começo de carreira, quando Bel Marques ainda tinha cabelo, fez show na 113/4 Sul. Vinte e cinco anos depois, no Cinquentenário, ano de 2010, o governador estava preso e teve que renunciar. A festa perdeu o brilho, diminuiu de tamanho. Não tínhamos mesmo o que comemorar.

12.
De candangos, pioneiros e piotários

A cidade muito se orgulha de seus pioneiros, seus primeiros moradores, empresários e trabalhadores, pessoas que deixaram seus locais de nascimento e rumaram para ajudar na construção da nova Capital. Grupos enormes de migrantes chegavam diariamente, desembarcavam e tinham trabalho garantido. Afinal, construir uma cidade não é tarefa de um homem só, requer um exército de trabalhadores sob severa disciplina e vigilância de engenheiros, encarregados e mestres de obra. Sem isso, o caos seria total. Pareceria mais uma Serra Pelada, aquele formigueiro humano com sacos encardidos nas costas subindo, enfileirados, as bordas do grande buraco onde havia ouro e hoje há água.

No final dos anos 50 já tínhamos tratores, ainda um tanto rudimentares, se comprados aos de hoje, caminhões basculantes, máquinas de asfalto, andaimes, de sorte que a obra foi racionalizada e andou mais rápido, sendo concluída em três anos. Esses trabalhadores foram tão importantes na construção da Capital, que acabaram homenageados com escultura metálica na Praça dos Três Poderes: os "dois candangos", nome que se dava a esses trabalhadores braçais vindos de todos os recantos do país, mas principalmente do Nordeste, Goiás e Minas. De fato, sem eles, a cidade não estaria pronta a tempo da inauguração em 21 de abril de 1960.

Junto com os candangos vieram também os primeiros empresários, médicos, prestadores de serviço, comerciantes, sonhadores, idealistas e visionários. Todos eles acabaram conseguindo seu espaço, seu contrato, sua obra. E assim, a cidade foi erguida, com um mínimo de infraestrutura nos primeiros anos.

Passados alguns anos, pode-se observar que muitos deles prosperaram, ficaram ricos, estabeleceram-se, abriram empresas, construíram prédios, hotéis, hospitais, montaram frotas, venderam pedra e areia, tudo que uma cidade precisa para funcionar. Especialmente a esses foi dado o título de pioneiro, aquele que veio logo no começo e se deu bem, fez fortuna, amealhou lotes e imóveis, ganhou dinheiro e não quis mais sair de Brasília. Terra abençoada, essa! Voltar pra que? Se as perspectivas aqui eram as melhores possíveis, o que dizer quando a cidade crescesse de verdade? Riqueza multiplicada, ascensão social, milionários com muita sorte ou esforço, proximidade com o poder, chance de crescer.

Contam os mais antigos que as terras do Lago Sul eram desprezadas porque seriam longe demais, desvalorizadas e sem perspectiva clara de ocupação. Àquela época só existia a Ponte das Garças, que sai lá no Gilberto Salomão. Todo mundo queria morar no Plano Piloto. Hoje, passados cinquenta anos, o Lago Sul tem um dos mais caros metros quadrados de terreno ou área construída do Distrito Federal. Os pioneiros, é claro, tiveram visão, construíram, mudaram para lá, acreditaram no desenvolvimento da área, compraram outros terrenos.

E os piotários? Juro que não inventei essa palavra de conteúdo pejorativo. Ela é corrente em Brasília; talvez só os mais jovens, ou os que chegaram há pouco tempo, não a tenham ouvido. Lembro-me de que a ouvi a primeira vez, em 1985, de dois colegas de trabalho. Eles próprios voluntariamente se enquadravam nessa categoria. A explicação que eles davam era muito simples: essa palavra teria sido formada pela junção de pioneiro e otário. Piotários seriam, então, aqueles que vieram no começo, mas não acreditaram, não fizeram fortuna, não conseguiram boas colocações, não montaram empresas. Apenas sobreviveram e sobrevivem. Alguns morando no Plano; muitos nas cidades em volta. Todos integrantes da classe média, com reduzido patrimônio, sem riqueza. Daí a conclusão terrível de que quem é rico não é piotário; é pioneiro.

Os candangos foram e são homenageados: basta ver a escultura "Dois Candangos" na Praça dos Três Poderes, o colégio Candanguinho e a Candangolândia. Os pioneiros estão bem de vida, ocupam posição de destaque na sociedade local e são notícia sempre. E os piotários? Ninguém fala deles. Não recebem homenagens, nem ganham espaço em jornal. Eles são a outra face da moeda, ou seja, do sucesso.

13.
As igrejas se modernizaram

Outro dia, eu vinha pelo Eixinho Sul, em direção ao Centro, pensando nas contas da matrícula, do IPVA e do IPTU, que tenho que pagar no começo de cada ano, quando me deparei com uma placa de conteúdo comercial: *Drive Thru* da Oração. Em letra menor estava escrito: "Entre e receba uma oração em seu próprio carro". Ao lado havia uma seta indicando a entrada no pátio da IURD da 212 Sul. E lá, bem no meio, estava uma tenda branca, em estilo gazebo, com um missionário (ou seria um segurança?) de camisa de manga comprida e gravata, sentado na cadeira, aguardando a entrada dos fiéis necessitados de oração. Na parte de cima do toldo havia um desenho colorido parecido com sinal de trânsito e escrito do lado de cada cor: vermelho: pare; amarelo: ore; verde: siga.

Impressionei-me com a criatividade e com o nível de sofisticação a que chegaram as igrejas. Não tinha visto ainda aquela novidade. Como se sabe, quem primeiro usou esse tipo de serviço ou estratégia de venda foi a rede americana de sanduíches com nome parecido com o pato da Disney, que lançou a moda no Brasil; depois vieram os fóruns e tribunais, que copiaram a ideia, por ser prática e útil para os advogados. Raciocinando do mesmo modo, a Universal passou a oferecer seus serviços por *drive thru*. Moderno, prático, rápido, sem burocracia: o fiel entra, recebe a oração dentro do carro e segue em direção ao trabalho; está abençoado desde as primeiras horas do dia. Não sei se há pagamento.

Confesso que toda essa modernização me chamou a atenção. Dei uma de repórter investigativo e fui saber o que acontece com outras igrejas. Aí descobri que as evangélicas recebem dízimo em cartão de crédito; talvez estejam parcelando o dízimo em parcelas mensais sem juros, como algumas lojas já fazem. E que a Canção Nova, da Igreja Católica, além de pedir ouro pela televisão, certamente para obras religiosas, envia oração por torpedo ou e-mail. E, por fim, que a Internacional promete um "Desencapetamento total", certamente um exorcismo para expulsar o capeta. Pelo menos, é o que o nome diz. Também não me interessei pelo serviço, de modo que não sei se é cobrado ou cortesia, nem por onde sai o diabinho.

Comparando tudo isso com meus distantes tempos de juventude, concluo que tudo isso é sinal dos tempos. Há décadas atrás, quando a missa era rezada em latim, o padre usava batina preta e ficava de costas para os fieis, a hóstia era colocada diretamente na boca do fiel, jamais se poderia imaginar tamanha evolução. Se alguém tivesse essa ideia já naquela época, certamente as igrejas e os templos teriam seu quiosque para a oração aos passantes. Se alguém precisasse de lanche, teria antes uma cabine para pagar e outra para retirar, como no Mc. Se fosse preciso pagar alguma coisa, também teria um caixa, como esses de estacionamento de shopping, automáticos, que falam com a gente e leem código de barra. Também haveria uma máquina única para o cartão de crédito, como o Cielo, onde passariam todos eles. Isso evitaria perda de tempo e os caixas não precisariam escolher qual, dentre tantas, seria a máquina utilizada. Só que nada existia naquela época. Ainda bem!

Agora, desencapetamento total? Isso já é demais. Modernizar a forma de oferecer oração ou de arrecadar dinheiro, mesmo sem construir catedrais, tudo bem, mas sem esses exageros diabólicos.

14.
Brasília Revisitada: JK e Lúcio Costa voltam à Capital

Pouca gente sabe, ou se dá conta, mas os criadores da Capital a visitam sempre. Tão apegados ficaram à cidade que não querem vê-la abandonada, suja, desorganizada. Às vezes só a sobrevoam de passagem, vêm o trânsito, o espelho d'água do lago Paranoá, a arborização, as luzes do Plano, a Esplanada majestosamente iluminada. Outras vezes descem, circulam entre os prédios e as avenidas, como viventes, turistas espirituais encantados com Brasília. Estão sempre vigiando o crescimento e as novas construções para que permaneça bela. Sempre que isso ocorre, forma-se uma aura protetora emanada do idealizador e do urbanista para a criatura, a cidade pulsante lá embaixo.

Num dia desses, JK e Lúcio Costa resolveram fazer uma visita. Num primeiro sobrevoo acharam que a cidade está crescendo demais e isso dificulta qualquer planejamento. Alguns setores ficaram descaracterizados, mas consideraram que isso é sinal de progresso, é a necessidade de crescer, de abrigar novas pessoas. Mas gostaram do que viram. O núcleo central continua intocado em seu conjunto e esplendor, em sua imponência garbosa.

Ficaram impressionados com tanto carro nas ruas. Quando passaram pela Esplanada dos Ministérios, pelos Setores Comercial, Bancário e Hoteleiro, Norte e Sul, ficaram aterrorizados. "Meus Deus, o que é isso?" disseram. Ficaram muito assustados com o que acabaram de ver.

Lúcio, incrédulo, dizia: "Eu projetei avenidas largas, uma delas sem sinal e outra com até seis faixas, mas vejo que o trânsito não flui bem em alguns horários".

JK perguntava: "Onde foi que erramos, então? Deveríamos ter feito pistas ainda mais largas?"

"Mas como prever tanta gente e tanto carro?", se espantou o urbanista.

"Ora, amigo Lúcio" – diria JK – "tudo é questão de planejamento; poderíamos ter dimensionado melhor. Afinal, essa cidade foi planejada do nada! Aqui antes era só Cerrado e poeira".

Descontente com a sutil reprimenda, o urbanista se continha para não falar: "A culpa é toda sua. Não foi você quem trouxe a indústria automobilística para o Brasil? Agora, aguente as consequências". E ali ficaria resmungando outras coisas, não fossem o respeito e a amizade que nutriam um pelo outro.

De cima avistaram longos congestionamentos no Eixo Monumental, na EPIA e na EPTG. O Eixo Rodoviário, nesse dia, tinha grande volume de tráfego nos dois sentidos, mesmo sem qualquer cruzamento ou sinal de trânsito nos seus quase vinte quilômetros. Não perceberam o motivo, mas intuíram que poderia ser algum acidente no "buraco do tatu" que Lúcio projetou e construiu. No final, ele concluiria: "O metrô já ajudou um pouco, mas o que precisa mesmo é de um eficiente sistema de transporte coletivo que iniba a vinda de carros com uma só pessoa; talvez esticar o metrô até a Esplanada e a Asa Norte". Vê-se que seu senso prático de urbanista continua intacto.

Nessa matéria não há como imputar culpa ou falha de planejamento apenas ao idealizador e ao urbanista. Todos os dirigentes do DF dos últimos cinquenta anos têm sua parcela de responsabilidade. Deveriam, aos poucos, ir adequando a cidade para atender suas novas necessidades e resolvendo os problemas derivados disso. Se não se faz nada, ou se faz pouco, menos do que o necessário, o resultado pode ser o colapso total do trânsito. No mínimo, o gargalo que já existe em cidades de mais de quatrocentos anos, como as capitais de São Paulo e Rio. E Brasília tem apenas cinquenta.

Em outro giro etéreo, idealizador e urbanista resolveram descer onde viram um grande aglomerado de carros. JK exclama admirado "Nossa, o que é isso, uai! Carros empilhados, em cima de calçadas, em cima de gramados".

Lúcio Costa, com um sorrisinho maroto, responde: "Esse problema decorre do outro: se tem carro demais, não se tem onde estacioná-los no lugar devido. Acho que planejamos pouco espaço para guardá-los; fizemos correto no parque da cidade, nas quadras residências, mas em outros pontos é um desastre só".

De fato, numa vistoria da Capital logo concluíram que a Esplanada não era para servir de estacionamento; que não há vaga em torno do Congresso Nacional, nem na Praça dos Três Poderes, muito menos no Setor Comercial Sul e no de Autarquias Sul. Os motoristas se viram como podem, mas o espaço é que é pequeno demais.

Como nós, habitantes da Brasília atual, sabemos: quem consegue chegar ao local desejado enfrenta outro problema, o de estacionar o carro. E isso tem gerado brigas, irritação nos motoristas e multas. Falou-se, em 2008, em estacionamentos subterrâneos, mas até hoje nada aconteceu. Enquanto isso, milhares de carros são colocados nas ruas todo mês.

Voltando a nossos ilustres personagens: não satisfeito com o que viu, JK voltou a falar sobre a falta de estacionamento: "Se não tem onde parar carro nesta jovem cidade, onde foi que erramos?"

Lúcio, timidamente, coçando o longo bigode, reconheceu que foi deixado pouco espaço para estacionar. O resultado é o que se vê por aí: carro em fila dupla, em cima das calçadas, escondendo os hidrantes, sobre gramados ou em qualquer canto. Há carro até na frente de caçambas de entulho e lixo.

Civilizadamente houve reserva de lugar para idosos e pessoas portadoras de deficiência, mas sequer essas são respeitadas.

De lá resolveram visitar a igrejinha de Fátima, a predileta de Dona Sarah, projetada por Niemeyer, e mandada construir por JK. Viram a mesma igreja de 1960, com uma pintura moderna nas paredes internas. Um cheiro de carne assada dominava o ambiente. Entreolharam-se, mas não disseram nada.

Quando saiam da igreja, JK balançou a cabeça e pensou: "E lembrar que durante tanto tempo fui proibido pela ditadura de visitar a Capital que construí? Quantas vezes tive que vir aqui escondido, às escuras, a partir de Goiás. Hoje é mais fácil para mim visitar Brasília. Venho pelo alto, a qualquer hora, ninguém me vê".

E ambos subiram ao céu em meio à fumaça de carne de sol do Xique-Xique, que impregnava todo o ambiente e mal dava para divisar o chapéu da freira.

Parte II

BRASÍLIA RESPIRA POLÍTICA

1.
A construção de uma candidatura

"O sabido sempre está sujeito a encontrar um mais sabido e por isso vive sempre em guarda e nunca tem paz".
(João Ubaldo Ribeiro)

Depois que se decidiu que não haveria segunda reeleição à moda Chaves, nem mandato esticado, o comando petista se viu às voltas para encontrar um nome que continuasse o projeto político e guardasse a vaga para depois de quatro anos. Sem nova reeleição, a solução que restou foi mesmo a do mandato-tampão. Era preciso encontrar alguém de confiança total, de preferência sem experiência política, ou com pouca, mas com preparo administrativo. Alguém que conhecia as condições do jogo e, assim, jamais poderia reclamar de ter sido enganado. Alguém que aceitasse a onipresença e a interferência do grande mentor nos anos seguintes, até na formação do ministério. Com esse figurino, passou-se à procura de alguém que nele se encaixasse. Nesse momento teve início a construção da candidatura.

A nomeação para o ministério, no primeiro mandato, pode ter sido por critérios técnicos, mas já dava para ver um viés político. A área era importante demais para ficar em mãos de algum aventureiro. Nomeava-se uma pessoa nascida no Sudeste, com vivência na área, desconhecida do grande público, que fora secretária de pasta homônima no Sul. Prestigiava-se, assim, o Estado, o governo local e um integrante de suas hostes, um bom companheiro.

Com o mensalão nacional veio a grande reviravolta: sai o todo-poderoso chefão da Casa Civil, que é logo substituído por alguém de peso e confiança. O novo ocupante levou para a Casa Civil a melhor parcela do Ministério: a tão cobiçada coordenação do Pré-Sal. O presidente já via ali, cinco anos antes, o grande filão da exploração do petróleo em águas profundas, o crescimento da Petrobrás, o ressurgimento da indústria naval, a autossuficiência no refino para abastecimento interno, com sobras para a exportação. Antes mesmo de o Brasil retirar uma gota de óleo do Pré-Sal, o governo já alardeava que o país era o primeiro do mundo a extrair petróleo de águas profundas. O novo ocupante da pasta passou, então, a ser o gestor do Pré-Sal, se não pai ou mãe, mas pelo menos padrinho ou madrinha. Insistentemente foram mostrados na plataforma, de macacão alaranjado, acenando com as mãos pretas de petróleo. Ali se teve uma confirmação: aquela pessoa predestinada e ungida era a chefona do Pré-Sal, ao lado do chefe maior, em pleno mar territorial, com uniforme da Petrobrás.

Dali para frente, tudo seria lucro. As imagens estavam definitivamente atreladas. E se o presidente disse, por que alguém duvidaria? Os menos avisados poderiam até achar que aquela pessoa, de repente alçada a especialista em petróleo, ajudou a localizar os campos, e antes disso, colocou ali enorme quantidade de combustível fóssil, sem se darem conta que era trabalho da natureza, ao longo de milhões de anos. Era isso o que a televisão sugeria... E o que a telinha sugere, ninguém contesta. Ou quase ninguém.

Ao final do primeiro mandato, tinha-se que pensar na reeleição e, para isso, era preciso um projeto impactante. Aí surgiu o programa de crescimento, necessário, é verdade, com generosas verbas para aplicação em todos os Estados da Federação, alguns deles com grande visibilidade e potencial de votos. Quem montou o programa? Muitos técnicos do Planejamento, Energia e Transporte, certamente. Quem colheu os frutos? A coordenadora de tudo: a Casa Civil. Com bela jogada de marketing assim fora apresentado pelo presidente, durante várias semanas e meses em todos os canais de TV e na mídia escrita. Agora tínhamos uma acumulação de funções: a pessoa era madrinha de programa petrolífero e ao mesmo tempo, tinha a maternidade do programa de crescimento. Muito prestígio concentrado numa só pessoa, embora com méritos e créditos. Nem a Casa Civil, nem o governo queria que o povo pensasse diferente; tudo pelo "Brasil de todos".

Isso foi feito numa época anterior ao período eleitoral, mas com o claro objetivo de produzir dividendos mais adiante. Votos, mais precisamente. Quando questionado sobre o uso da máquina governamental, o presidente dizia que ainda não havia candidatura. Tecnicamente não havia, pois isso só ocorre após a escolha pela convenção partidária e o registro pela Justiça Eleitoral. E, como todos sabem e está escrito na lei, acontece no mês de julho do ano da eleição, após as escolhas de junho.

Quem, no entanto, não sabia que ali estava uma candidatura em preparação? E que os rótulos vinculando tal pessoa a obras e grandes projetos tinham conotação eleitoral? Após o registro, como estava programado, já não se precisaria propagandear a paternidade ou maternidade, seja ele pressalgado ou empacotado: isso estava incrustado no inconsciente dos brasileiros. Era hora da colheita de votos. E eles vieram fartamente.

É de se perguntar: é legal o uso de obras e projetos do governo em favor de um candidato, precisamente o apoiado pelo presidente que sai? Óbvio que não. Mas a lei é lacônica e infelizmente permite essa interpretação: só interessa o que ocorre durante o período eleitoral, entre o registro da candidatura e o dia da eleição. O que aconteceu antes, mesmo que tenha beneficiado diretamente o candidato, não é levado em conta. Um absurdo a toda prova. O benefício eleitoral é evidente; o uso da máquina do governo é escandaloso e tem poder de desequilibrar a eleição, principalmente quando o principal fiador está com alta avaliação popular. Quem ousa duvidar? Quem diria naquela fase que é ilegal, antidemocrático e fraudulento o processo?

No início, a oposição bem que tentou, embora timidamente, mas foi barrada pela Justiça Eleitoral e se conformou. Toda vez que havia uma denúncia, o TSE fixava uma multa de cinco ou de dez mil reais, e isso ocorreu umas cinco vezes. Mas a consolidação de um projeto político e quatro anos de mandato presidencial valem mais do que alguns mil reais.

O partido do candidato oposicionista havia provado na justiça a propaganda eleitoral irregular, mas jamais teve a coragem de dizer na mídia que aquilo era abuso. Segundo pensavam à época, isso daria a sensação de fraqueza e tiraria voto. Assim, apesar de ilegal, antidemocrático, escandaloso e fraudulento, foi o que prevaleceu e continuará prevalecendo enquanto não se derem conta que é proibido o uso da máquina em benefício de candidaturas, não importando se isso ocorreu antes ou durante o período eleitoral. Sem dúvida, deve ser mudada a legislação. Que compareça a sociedade; que fale a imprensa. Que se apresente o movimento contra a corrupção eleitoral; que seja elaborado um projeto de lei de iniciativa popular nos moldes do "ficha limpa". Só assim a coisa pode mudar.

O problema que viam alguns integrantes da "turma da maçaneta" é que a candidatura não era carismática, não tinha jogo de cintura, a simpatia não era o seu forte e nunca disputara uma eleição. Era preciso resolver esses obstáculos. Um bom marqueteiro, que havia atenuado o rosto rude do sindicalista, aparado a sua barba e dado feição aceitável a quem fora rejeitado em três oportunidades também resolveria o problema da iminente candidatura.

O principal já estava feito com a dupla autoria dos projetos mais importantes. Restavam os ajustes finos, mas a equipe acabou por fazer mais do que isso: um novo corte de cabelo, roupa nova adequada a um executivo, ares de modernidade e elegância, em perfil digno de um primeiro mandatário. Os retoques passaram a ser caprichados, suavizando o rosto, que passou a ser sorridente e esbanjar simpatia e segurança.

A família zelosa também foi mostrada. Que candidato não visitaria um parente internado no hospital em plena campanha eleitoral? Ainda mais quando tudo era documentado pela imprensa e exibido em rede nacional. Algum prejuízo nessa breve parada? Não. Só dividendo e mídia. E quem não se emociona vendo cenas de ninar com olhos úmidos e face emocionada? Valeu o investimento, sem dúvida! Michele Bachelet e Angela Merkel ficaram no chinelo.

Carisma? Isso não é problema. O presidente passaria um pouco, como passou, para quem dele estava carente. Presente de seu "amigo fiel, irmão, camarada!". Alguém disse: "carisma não se transmite". Poderia até concordar, desde que me explicassem como seria o resultado da eleição sem o patrocínio e o aval do antecessor. Seu carisma não afloraria naturalmente. Só posso crer que o dele grudou em quem deveria grudar e o alto grau de popularidade dele também ajudou. A boa avaliação do governo e da figura presidencial, na casa dos oitenta por cento, contribuiu mais ainda.

Jogo de cintura é coisa que se aprende fazendo. Se alguém via essa restrição na candidatura, não há mais como vê-la no presente. Depois de tantas reuniões, conchavos, comícios, abraços e tapinhas nas contas, parece que o governo já está de cintura bem solta. O aprendizado continuará nos próximos anos, mas já se pode dizer que a lição foi bem aprendida. Manteve a coligação coesa em torno de si e – todos sabemos – como é difícil dar atendimento a tantos pedidos dos nossos políticos.

Mas e a experiência internacional? Enquanto o presidente viajava pelo mundo a pessoa interessada tomava conta do pré-sal e do plano. Tinha solução? Claro. Em plena época eleitoral foi armada uma rápida viagem ao exterior só para dar-lhe a condição de estadista. Em uma semana percorreu alguns países, tudo com ampla cobertura jornalística. Nicolas Sarkozy, o novo amigo do Brasil, que anda doido para vender seus aviões, e tem recebido até o terceiro escalão do governo, auxiliou bastante.

E de repente, num passe de mágica, o postulante virou estadista viajado e reconhecido.

Experiência política o presidente tem, e de sobra. Depois de três derrotas, já coleciona três vitórias, sendo duas dele. E a partir de 2014 quer outras duas, para completar vinte anos de projeto político. Não duvidem: ele vai querer navegar nas águas da Copa do Mundo e das Olimpíadas de 2016, inaugurar o trem-bala e fará tudo para obter seu intento. É obstinado como todo bom torcedor do timão.

A "construção" deu certo. Foi uma verdadeira aula de marketing político, incluindo o uso da máquina do governo. Resta saber como a candidatura eleita se comportará nos próximos anos diante de crise internacional, furacões, corte de despesas, ventos contrários, rombo da previdência, tempestades monumentais, redução do programa fora do ano eleitoral para azeitá-lo nos dois últimos anos. Uma coisa não pode falhar: a vaga tem que estar quentinha em 2014, ano da Copa! Tanto para um, como para o outro. Há sempre um plano B.

2.
A mirabolante ideia do bolsa-celular

"Quanta gente aí se engana e cai da cama com toda ilusão que sonhou!"
(Paulinho da Viola)

O governo tem sido pródigo em anunciar benesses e facilidades para o povo. Afinal, quando se trata de ano pré-eleitoral, e o presidente tem interesse em fazer seu sucessor, sempre passa a ser o porta-voz das boas novas. Daí lançar mão de todos os expedientes disponíveis para chegar à vitória: é inauguração com a presença de candidato (embora ele jure que não é), é a mãe ou pai de um programa de aceleração, é o Pré-sal, o trem-bala, a transposição do Rio São Francisco, reajuste real dos proventos dos aposentados que percebem acima de um salário mínimo (o que não se fazia há quase dez anos), e por aí afora.

O que mais me chamou a atenção, no entanto, foi o lançamento do programa chamado bolsa-celular, nos meses que antecederam a eleição presidencial.

Orgulhoso de seu cargo no setor cativo de um partido político, determinado Ministro chamou a imprensa para anunciar publicamente o mais visível produto de sua pasta, elaborado minuciosamente e acalentado como solução apta a angariar muitos votos. Na mesma data, a proposta fora apresentada ao presidente, que, segundo noticiou a imprensa em meados de novembro, "não se opôs à distribuição em massa de celulares". Tratava-se, nada menos, do bolsa-celular, orçado em dois bilhões de reais de dinheiro público, em forma de renúncia fiscal, ou desoneração, para usar o jargão técnico, onerando diretamente o fundo de telecomunicações, cujo saldo gerava cobiça por parte da tecnocracia. Por que tanto dinheiro parado ali? – devem ter pensado.

O plano era, de fato, ambicioso e poderia render milhares de votos. Se hoje quase todo mundo tem celular, desde lavradores, crianças, diaristas e baixa renda, que tal distribuir o tão desejado aparelho para os que, por alguma infelicidade, ainda não o possuem, mas certamente com ele sonha. E para completar o presente, que tal, além do aparelho, conceder também um crédito de sete reais por mês para o agraciado poder usá-lo, fazendo e não apenas recebendo ligações? Plano perfeito, factível, eleitoralmente rentável, custeado com dinheiro público, de forma disfarçada. E apresentado como se fosse proposta das empresas, que "o governo poderia aceitar ou não". Mais ou menos dentro do raciocínio: a proposta de usar dinheiro público não é do governo, mas nós aprovamos, achamos que é bom para o povo, estamos dispostos a tornar concreto e real... e, obviamente, a colher os frutos eleitorais.

Certamente o povo não foi consultado sobre a real necessidade ou utilidade da nova bolsa. Nem foi feito levantamento sério sobre demanda. Se fosse, não se pode dizer como seria a reação, pois a proposta só valeria para "linhas que ainda não existem", ou seja, uma pequena parcela de habitantes desafortunados, já que no Brasil, nos dias de hoje, o país tem de celular quase o mesmo número de habitantes. Em Brasília, por exemplo, chega a ser de dois por pessoa.

Da forma como anunciado, o plano parecia mais um atendimento social do governo, na linha das várias bolsas instituídas: escola, família, cesta básica, gás etc. Realmente, muitas pessoas foram beneficiadas por esses programas; mereciam, necessitavam e foram atendidas naquilo que é elementar para a dignidade da pessoa humana: alimentação, saúde e educação. Muitas crianças foram matriculadas e mantidas nas escolas graças a esse incentivo pecuniário, e isso é louvável. Mas distribuir celular de graça certamente não deve ser prioridade, nem representar os anseios do povo, não enche barriga do pobre, nem ajuda no seu dia a dia: quando muito trará novas despesas para quem já vive endividado. Bem, se não é o povo quem exatamente ganha com o bolsa-celular, então a quem interessaria a sua implementação?

Ora, só pode ser quem lucraria alguma coisa com isso: as empresas de telefonia e o governo. Aquelas, porque teriam aumentado o número de assinantes e usuários, gerando mais lucros e contas a receber, sem nenhum gasto; no primeiro ano até o crédito mensal poderia ser pago pelos cofres públicos, na quantia mínima de sete reais, que serve de chamariz para incentivar o uso. E o governo, porque formaria capital eleitoral e poderia auferir tributos. Algum político recusaria uma ajuda dessa? Ainda não nasceu, certamente.

Resta pendente a questão da paternidade: quem gerou, gestou e perfilhou o plano. Se não fosse abortado a tempo, por pressão da sociedade civil e da imprensa, com certeza seria apresentado como "filho do Ministro", que sequer conseguiu eleger-se no Estado natal, apesar de todo o empenho do presidente, que brigou até com seu partido para impor uma candidatura de fora.

3.
O dupllo legado

"Sonho feito de brisa, vento vem terminar. Vou fechar o meu pranto, vou querer me matar."
(Milton Nascimento)

Poucos reconhecem o trabalho dele na presidência da República. Depois do impeachment tornou-se pessoa demonizada. Ninguém queria ficar perto; outros negavam que o tinham conhecido. O tempo passou, elle voltou.

Decorridos mais de vinte anos daquela triste despedida do Planalto, é natural que tenha sido perdoado (ou esquecidos os seus erros) pelos eleitores e pela Justiça. Sua pena maior fora o longo ostracismo. Além disso, muita gente ou não existia ou não votava naquela época.

A questão da "República das Alagoas" também ajudou a derrubá-lo do cargo. As medidas drásticas, como o bloqueio das contas bancárias, das poupanças e dos investimentos, o corte dos carros oficiais, o desmonte da administração pública, tudo isso, no conjunto, tornou seu governo impopular. Sua inabilidade no relacionamento com partidos políticos e parlamentares; a egolatria de ser o único a mandar, o exibicionismo explícito com helicópteros e *jet skis*. A ostentação daquela mansão no Lago Norte, as cascatas milionárias e os jardins rocambolescos, também contribuíram, e muito, para a queda.

Naqueles dois anos de exercício, alguns ministros foram poderosos demais. Três ministérios importantes foram juntados num só – o da infraestrutura. O resultado foi catastrófico. A máquina administrativa foi sucateada. Autarquias, empresas públicas e de economia mista foram extintas. Servidores foram dispensados. Sequer puderam ser aproveitados em outros cargos, pois a administração diminuiu de tamanho. A moda era o "estado mínimo", a menor intervenção possível do Estado. A área econômica do governo "efetivamente" prendeu o dinheiro de todo mundo por longo tempo. Só alguns poderosos souberam a tempo. O pior é que outras pessoas, mesmo sem cargo no governo, acabaram por ter posição proeminente na República, e isso foi fatal.

Por causa desses rompantes históricos, do completo desastre de sua administração, do pouco cuidado com a coisa pública, não restou dúvida de que deixara legado negativo e funesto para o país, que até hoje se ressente dos desmandos. Foi cassado por falta de decoro, pelo Congresso Nacional, mas absolvido pelo Supremo Tribunal Federal, das imputações de natureza criminal, por falta de comprovação do chamado "ato de ofício".

Passadas duas décadas, pode-se dizer que elle também deixou razoável legado de decisões acertadas, que produzem fruto até hoje.

Até sua chegada ao governo, o mercado de informática era absolutamente fechado: só as empresas nacionais poderiam nele atuar. O atraso era visível em relação a outras economias. Naquela época, a "Cobra" ganhava todas as compras, pois não tinha concorrente: era monopólio daqueles bem fechados, que ninguém conseguia ou ousava abrir. O presidente, como um trator, determinou a abertura do mercado de informática. Várias empresas vieram para o Brasil e começaram a produzir computadores e componentes. Há vinte anos seria impossível imaginar que o país estaria hoje nesse patamar de informatização. Se hoje temos um parque industrial poderoso, empresas aéreas e bancos altamente informatizados, o brasileiro deve se lembrar que tudo isso começou há vinte anos, com a quebra do monopólio e a redução do poderio da Zona Franca de Manaus. Elle pode não ter feito tudo, mas pelo menos deu a partida na direção certa.

A venda dos apartamentos funcionais aos servidores ocupantes ou a terceiros foi outra medida adequada, que consolidou Brasília como cidade. Até então, e durante trinta anos, ela era a "meca do funcionalismo público". Os prédios residenciais haviam sido construídos pelo governo federal e neles só moravam servidores, pagando taxa de ocupação. Isso dava à Capital certo ar de provisoriedade, pois se não posso ser dono do lugar onde moro, posso me mudar daqui a qualquer hora, ser despejado se for exonerado ou demitido e sumir sem deixar rastro. Também posso ir para outra cidade, principalmente uma que tivesse mar, como era o desejo de muitos.

Até a manutenção dos prédios naquela época era deficiente, já que o governo não tinha dinheiro nem interesse em fazer obras ou reformas. Aquele que obtivesse um apartamento funcional para morar teria que fazer a própria reforma ou aguardar anos sem qualquer garantia de atendimento no final pelo tal DASP/SUCAD.

Como a taxa de ocupação, eufemismo para "aluguel", era baixa, sempre compensava, pois ninguém queria morar num pardieiro. Alguns, no entanto, resistiam e se mudavam para a unidade residencial assim mesmo, sem reforma ou pintura, pois entendiam que o governo é que deveria fazer a manutenção.

Quando saiu a venda, os ocupantes regulares tiveram direito à aquisição. Depois disso, os prédios ganharam condomínios novos. Os particulares, na nova condição de novos donos, pagaram taxas extraordinárias: obras foram realizadas, fachadas foram modernizadas, elevadores recapacitados. A cidade ganhou novos ares, os ocupantes viraram proprietários e ninguém mais imagina que está naquele apartamento de passagem. Só sai dali quando quiser.

A restrição ao uso de carros oficiais só vigorou por algum tempo, é verdade. Antes delle, alguns se lembram, era uma bagunça só. Bastava ser chefe de algum departamento e já tinha direito à chapa branca. Outros o tinham pela posição que ocupavam: parlamentares, magistrados e membros do Ministério Público. O presidente mandou cortar tudo. Carros pretos foram recolhidos e leiloados. As garagens dos ministérios tiveram seus espaços ociosos. Até as vias públicas viram reduzir o volume de tráfego... Poucas autoridades, naquela época, poderiam usar carros oficiais.

Acho que se restringiu demais. Talvez ele tenha tentado implantar aqui o regime que vigora nos Estados Unidos da América, onde apenas o presidente da Suprema Corte tem carro oficial; os demais ministros andam de condução própria, um deles tem um "fusca" e outros se utilizam do metrô. Funcionário do tribunal? Nem pensar.

Aqui seria demais imaginar que medida tão drástica durasse muito tempo. Funcionou por dois anos, mas bastou trocar de governo que os carros oficiais voltaram a toda velocidade. Aos poucos, a frota foi sendo ampliada, com o passar dos anos, na mesma proporção em que surgiam novos departamentos e diretorias ou novos cargos de altas autoridades com direito a serem chamadas de Excelência. Essa praga nacional, que para alguns tem o significado de *status*, continua mais viva do que nunca. E não consigo imaginar se outro II conseguiria desbastá-la.

4.
Detonador e detonado: de gafes e implosões

"Só se conhece o fogo depois do incêndio".
João Ubaldo Ribeiro

"Rir de tudo, e principalmente de si mesmo, faz bem à saúde".
Renato Maia Guimarães.

Na gestão passada do Buriti, o governador assumiu o cargo com bastante alarde e circunstância. Talvez quisesse dizer a que veio e quais os seus métodos. Era a época das implosões. Vários esqueletos de prédio foram dinamitados. Isso aconteceu no Bibabô e no hotel quadrado perto da (ex) Academia de Tênis. Acho que o governador ainda estava comemorando sua vitória: ao invés de soltar fogos, implodia prédios. Depois daquela operação "caixa de alguma coisa" alguém disse: ele passou de detonador a detonado. Desapareceu na poeira de seu desastrado governo. Nem se pode dizer que houve "muito barulho por nada", porque a queda foi ruidosa, estrondoso, espetacular, com direito a panetone e cadeia.

Mas hilário mesmo foi o que aconteceu no governo seguinte. Como os administradores locais tem alguma paixão recolhida por estrondos, foi preparada uma grande festa para a implosão das arquibancadas do Estádio Mané Garrincha. Acho que distribuíram até convites. Afinal, seria um dia histórico: era o marco inicial do novo estádio que abrigará jogos da Copa do Mundo de 2014, fato inédito na história da cidade. Até porque, na Copa anterior, em 1951, Brasília sequer existia e nem acreditavam que ela seria construída aqui no Planalto Central ou, se construída, não havia certeza se sobreviveria.

O vice mandou cercar as ruas de acesso, mobilizou a polícia, o Detran e os Bombeiros, chamou a imprensa, montou uma tenda num local com vista privilegiada, contratou salgadinhos para amigos e correligionários, com garçons a postos. Todos ficaram à espera do grande momento. O acontecimento era importante para o governo, um verdadeiro marco. Quem ali estivesse seria filmado, fotografado e entrevistado. Ou seja: entraria para a história. Quem iria perder aquela chance de testemunhar o grande acontecimento e passar para a história podendo dizer "eu estive lá"?

Chega a hora da implosão. Fogo! O estopim é ativado. Expectativa geral, olhos bem abertos, ouvidos em espera. Estrondo? Nada. Falhou. Fumaça? Alguma. Destruição, nenhuma.

"– Vamos tentar mais uma vez", com certeza deve ter mandado o vice. Assim foi feito. Fogo! Nova espera ansiosa; atenções voltadas para o local. Estopim queimando... E nada acontece. Falhou mais uma vez.

Diante do fiasco, algumas autoridades foram se afastando. Convidados viraram as costas para os políticos e abandonaram o palanque. Perda de tempo. Nem o salgadinho estava tão gostoso assim. E o vice, visivelmente contrariado, cabisbaixo, deixou o local sorrateiramente sem se despedir de qualquer pessoa, rezando para não ser parado por um jornalista ou um fotógrafo. Esgueirou-se entre os carros, entrou no seu e deu no pé. Se alguém procurasse falar com ele naquele momento, com certeza diria: "Não tenho nada com isso; estava só passando por aqui". "Implosão? O que é isso?"

Fim da história: o aplauso virou vaia; a festa não foi nem poeira. Se alguém queria tirar proveito político da situação, o resultado foi o contrário. No final, teve gente que entendeu que implosão não se faz com salgadinho. E certamente ninguém terá orgulho em dizer: "eu estive lá!". Se algum incauto disser ao vice que o viu lá, ele negará.

5.
Trapalhadas na aviação de caça

"Nem todos os problemas valem cinco minutos de atenção".

(Machado de Assis)

Se há assunto que ultimamente tem rendido noticiário e desencontros, aqui no Brasil, é o da compra dos aviões caça para a força aérea. E o pior, não há solução à vista, nem céu de brigadeiro. Relatórios sobre relatórios; o do antecessor, o do atual, um coração balançando entre três amores.

Tudo começou quando o então presidente, num rompante que lhe era típico, declarou de público que o Brasil compraria os caças franceses. Chegou a apertar a mão de Sarkozy, o que no mercado significa negócio fechado. Obviamente, os demais concorrentes sentiram o golpe e não gostaram. Foi então que algum alto assessor disse ao presidente: "A lei exige que se faça licitação". "Mas, como?" teria hipoteticamente retrucado o chefe: "Será que o presidente não pode sequer escolher uns aviõezinhos e realizar seu desejo de comprá-los? E agora, como vou ficar; já dei minha palavra ao Sarkozy. Não posso voltar atrás!"

Nesse ponto surgiu outro personagem, com nome de compositor de bossa nova. Usava várias patentes, de acordo com a cor da farda da ocasião, embora tivesse predileção pelo mais alto nível hierárquico da Marinha. Isso talvez mostrasse algum desejo de comparação com o grande almirante inglês. Começou garantindo que faria longo um alentado parecer jurídico sobre a legalidade da compra e a melhor tecnologia. Pelo menos por um bom tempo, o presidente, o povo e os concorrentes ficaram aguardando o parecer, que deve ter ficado retido na caserna.

O presidente achou ótima essa solução estratégica: com a demora, não desagradou Sarkozy e, de resto, não comprou briga com os concorrentes. Só mesmo ele, o homem da constituinte, para encontrar uma saída dessas.

Sentindo que perdiam terreno, os concorrentes baixaram acampamento em Brasília. A empresa americana colocou a embaixada em estado de alerta, contratou advogado e fez intensa campanha publicitária na mídia brasileira realçando a qualidade de seu avião e prometendo o que antes não queriam dar: transferência de tecnologia e desconto. Já a sueca não mobilizou sua embaixada, mas contratou um grande escritório de advocacia e iniciou forte lobby e contatos nas áreas administrativas e políticas, usando um argumento difícil de contestar: o melhor preço do mercado. As revistas publicavam semanalmente fotos empolgadas dos caças suecos, colocando-se como a melhor proposta para as pretensões brasileiras. A francesa, como todos se lembram, estava numa posição mais cômoda, pois tinha um trunfo poderoso: a simpatia presidencial.

O *imbróglio* estava feito: qualquer decisão poderia ser contestada e seria alvo da imprensa internacional. Podia até dar processo na justiça! O presidente titubeou e resolveu esperar o fim do mandato. Ao sair, deixou para a sucessora algumas bombas de efeito retardado, como a questão não encerrada dos caças e o caso Battisti. Tirou-as do colo no último dia do mandato. Jogou-as no colo da sucessora, a quem caberia aparar as arestas e enfrentar franceses traídos, suecos e americanos desgostosos e italianos enfurecidos.

Hoje quase já não se fala da aquisição dos caças. Parece que entramos na fase de caça-fantasmas. Com a troca do comando no Ministério, a saída do atrapalhado "Almirante" e a entrada do novo chefe, o ex-chanceler, fica a sensação de que a coisa começará do zero. Nada se fala, nada se divulga, nada se faz, o que não deixa de ser uma boa estratégia em meio a tantos contratempos e crises políticas.

Foi aí que alguém teve uma grande ideia. Por que não pedir "ajuda aos universitários" do ITA e a participação da Embraer? Isso mesmo. Há vinte anos, em parceria com os italianos, a empresa desenvolveu e construiu o caça AMX, que parecia ser muito bom, foi comprado pela Força Aérea, nunca caçou nada, jamais deu um tiro, mas é um jato e tanto. Depois, sua fabricação, ao que parece, a brasileiríssima EMBRAER foi relegada ao esquecimento, no que se refere a jatos militares. Pelo menos não tenho visto notícia de novas encomendas da Aeronáutica.

Já deu para sentir que o *insight* patriótico não é de todo absurdo. Se a Embraer o construiu quando era do governo, pequena e não competitiva, que dizer agora em que é da iniciativa privada, gigante e altamente competitiva. Tem fábrica até na China e vende para o mundo todo.

Apenas para comparar, naquela época, a Embraer fazia Tucanos, Bandeirante, Brasília; hoje faz jatos executivos e aviões de passageiros para cem passageiros, que exporta bastante. Ou seja: quem fez o AMX teria condições de estruturar-se para construir um caça mais possante.

Lembro que o presidente ganhou muitos votos quando foi a um estaleiro e de lá prometeu que o Brasil construiria seus navios e suas plataformas de petróleo, ressaltando que essa decisão garantiria novos empregos e maior movimentação na economia. A sucessora poderia seguir o exemplo, convocar o novo ministro, o comando da Aeronáutica, o Brigadeiro do ITA, a direção da Embraer para juntos verificarem da possibilidade de se construir caças em nova parceria. Da mesma forma que, no caso dos navios, teríamos novos empregos e maior arrecadação. Se der certo, aí sim, o presidente da época vai até a sede da Embraer em São José dos Campos e, de lá, no meio dos esqueletos de avião em fase de montagem, declararia solenemente: "*Yes*, *oui*, nós teremos caças brasileiros!". Desculpem-me, mais em sueco não sei como se diz.

Ah, e ainda por cima, teria um empate na questão; não comprou de nenhum dos concorrentes internacionais, prestigiou a indústria nacional, ofereceu mais empregos, ganhou mais votos. Conclusão: manteria boas relações com a Suécia, a França e os Estados Unidos; reservaria mercado e daria emprego ao povo. Bem lá fora, bem aqui dentro. Ninguém poderia reclamar. Solução genial!

Surgiu apenas certa dúvida: será que a Embraer tem mesmo condições de fabricar essa nova aeronave? Demoraria muito tempo? Teria que montar nova fábrica? Dá para conciliar a produção de aviões comerciais com aviões de guerra? No final, o que prevaleceu foi o otimismo verde-amarelo. É uma grande empresa, dispõe de alta tecnologia e pode adquirir mais. É provável que tenha que montar nova fábrica, o que vem a ser bom para a economia, para os novos empregados e o empresariado que lhe fornece material. Fica a questão tempo: será que precisamos desses caças com tanta premência? A resposta só poder ser negativa porque não temos nenhuma guerra à vista, a "guerra fria" acabou. Sobretudo, vivemos em paz com os nossos *hermanos*, de modo que não passa pela cabeça de ninguém uma invasão argentina vinda do Sul ou uma venezuelana vinda do Norte. Fidel não deixaria. Já os argentinos estão mais preocupados com as ilhas, a moeda em baixa, que vale metade do real, redução de renda e o empobrecimento da população, não sobrando tempo para pensar em guerra, principalmente depois do fiasco no episódio das Malvinas. E se tiver que fazer guerra, vai ser justamente pelas Malvinas. Então, se não temos tanta pressa, mais uma vez, dá para esperar.

6.
As cores da política brasiliense

> *"A simplicidade é uma força que vence todas as astúcias".* (Stendhal)

Um breve olhar dos últimos anos da política de Brasília permite identificar cores que marcaram administrações dos governantes locais. Nem sempre cores ideológicas, como na Casa Rosada, construída e nomeada pelo ditador Rosas, ou o jardim vermelho do Planalto, mas cores que falassem por si: isto foi feito por determinado dirigente; aquilo por aquele outro. Seria uma maneira de carimbar o que foi feito por um governo. Tal como em Parintins, aqui tivemos o azul e o vermelho. Mas tivemos também o verde e um verde-amarelo que virou e, novamente, pode virar preto.

Com o ex-governador de origem goiana a cor era o azul: as bandeiras da campanha, os cartazes, a roupa do candidato e dos correligionários. O próprio metrô, construído em grande parte por ele, levava o azul na logomarca, nos impressos e até nos primeiros vagões. Alguém pode discordar, mas ele conseguiu o que queria, ou seja, que a população assimilasse: R é azul e azul é igual a R. Intencionalmente, ou não, o resultado foi esse.

Com o governador seguinte a situação foi parecida: para substituir o azul do antecessor trouxe o vermelho do seu partido da época, porque o de hoje é azul também. Vermelho na campanha, nas bandeirolas, nas camisetas, na propaganda de rua e da televisão. Para fixar bem a ideia de que sua cor era o vermelho, C protagonizou um episódio pitoresco. Logo no início de seu governo mandou pintar de vermelho todos os tapumes do metrô, pretendendo mostrar que mudara a administração: a partir daquele momento o vermelho mandava e concluiria a construção. Ao final de quatro anos, poucos meses antes das eleições, mandou derrubar os tapumes, com grande estardalhaço na imprensa, como se fora uma verdadeira inauguração das estações do Plano Piloto. Alguém pode ter pensado em obra concluída por ele. Puro engano: na verdade seu governo não fez nada, absolutamente nada, de relevante para o transporte coletivo sobre trilhos. Nada construiu. Só quis faturar politicamente. De sua administração, em matéria de metrô, só restou a fantasiosa e inútil derrubada dos tapumes. Aos sucessores coube a conclusão real da obra aqui no Plano.

Já o governador da chapa puro-sangue foi um episódio à parte. Durante a campanha adotou o verde como identificação na campanha, na roupa que vestia, nos comícios, na propaganda televisiva. Eleito e empossado, passou a usar essa cor em todas as suas obras. É só rememorar: nos novos ônibus que enfileirou no Eixo Rodoviário Sul, nos novos trens do metrô. Coincidência, ou não, o verde cobriu os postos policiais comunitários, estes que ficam no meio das quadras e as delegacias de polícia. Até o Malvino Salvador, quando fez a campanha da "Nota Legal", usou camisa verde e sorriu muito por baixo da careca. Não desconfiaram o porquê de tanto verde? Simples, meu caro leitor: o vegetal, aquele que se usa em reza e atrás da orelha, é verde!

Não sou político nem marqueteiro e pouco sei para aconselhar. Mas acho perigoso impor uma cor à população como marca de governo ou para personalizar uma obra. Na Argentina deu no que deu. Se continuarem os desmandos, os escândalos e os mensalões, dificilmente um governante brasiliense conseguirá adotar como marca o verde-amarelo, azul-anil, tão caro ao povo brasileiro. Se insistir, e cair em tentação e desgraça, certamente o povo usará luto, como já se viu no passado.

7.
Porque JQ não gostava de Brasília

"O homem não é outra coisa, senão o que fez de si mesmo". (Jean Paul Sartre)

Quero deixar bem claro que Jânio jamais falou comigo que não gostava da Capital recém-inaugurada. A razão é simples: jamais falei com ele. Quando presidiu o Brasil, em 1961, eu era menino; não votava; sequer morava em Brasília. Cheguei à conclusão de que ele não se interessava por Brasília após analisar as circunstâncias de sua vinda para o Planalto Central. E principalmente de sua volta. Para falar a verdade, ele próprio escreveu que não teve escolha no seu famoso bilhetinho de renúncia.

JK inaugurou Brasília no dia 21 de abril de 1960. Teve pouco tempo para desfrutar de sua criação. Despachou em Brasília apenas poucos meses. Pouco curtiu dos palácios suntuosos da Alvorada e do Planalto, mas deu para participar de algumas serestas, cantar o "peixe vivo" e rodopiar nos salões da Corte.

No dia 3 de outubro daquele ano, Jânio Quadros, cujo JQ apenas se parece com a pronúncia e a grafia do JK, foi eleito presidente da República, por uma coligação de cinco partidos políticos, para mandado de 1961 a 1966. Teve a maior votação para o cargo até então obtida no Brasil: 5,6 milhões de votos. Era voto que não acabava mais. Derrotou o oposicionista Marechal Henrique Lott de forma arrasadora, mas não conseguiu eleger o candidato a vice-presidente de sua chapa, Milton Campos. Naquele tempo a regra era essa: presidente e vice eram eleitos separadamente; hoje isso não acontece. O eleito foi João

Goulart, do PTB. A posse ocorreu no dia 31 de janeiro de 1961, antes de a nova Capital completar um ano de existência. Ele foi, portanto, o primeiro Presidente a tomar posse em Brasília. JK tinha vindo de mudança do Rio.

JQ era matogrossense de Campo Grande, onde nasceu aos 25 de janeiro de 1917. Como todo mundo sabe, ou pelos menos os mais velhos, fez carreira política meteórica: em apenas quinze anos foi de vereador de São Paulo, Prefeito daquela cidade e Governador do Estado a 22º Presidente da Republica, em sequência, como nunca acontecera no país. Alcançou todos esses cargos pelo voto popular. Era carismático, convencia as multidões, mas não era rico, não integrava família de políticos, era oriundo de outro Estado, não tinha jornal, rádio ou televisão, não pegou em armas, nem são conhecidas ligações suas com conglomerados econômicos.

Se é tarefa difícil descrever o fenômeno Jânio, mais difícil é saber o que tinha em mente quando renunciou no primeiro ano de seu mandato, apenas sete meses de empossado.

Durante a campanha, abusou do tema de acabar com a corrupção, o mesmo que havia utilizado no governo de São Paulo para derrotar Adhemar de Barros e seu grupo. O *marketing* político não era tão desenvolvido há cinquenta anos, mas Jânio mostrou-se professor nessa área ao usar uma vassoura amarela como símbolo, adotar o bordão "varre, varre, vassourinha!" e alardear em todas as suas propagandas eleitorais: "Jânio vem aí" ou sua foto com a frase "Ele vem aí". Se JK terminou o mandato em baixa, com acusação de gastos desnecessários e corrupção, JQ fez a campanha eleitoral dizendo que varreria toda a sujeira do governo anterior. Aí é onde se encaixa a vassoura, utilidade doméstica destinada a varrer e a limpar o lixo e a sujeira e que, por sinal, voltou a aparecer na paisagem de Brasília e de todo o país nos últimos tempos.

Outro candidato, em 1990, com apoio da TV Globo, chegou a usar com sucesso essa fórmula ao se apresentar como "caçador de marajás". Venceu, mas teve destino diferente. Veio e foi derrubado.

JQ tinha lá suas manias e decisões folclóricas: comia sanduíche de pão com mortadela em público, por vezes usava quepe de motorneiro de bonde de São Paulo, governava por bilhetinhos jamais ignorados pelos subalternos. Para manter-se na mídia criava fatos bizarros (aos quais modernamente se dá o nome de factoides). Simplesmente proibiu o uso de biquíni nos concursos de miss, em voga naquela época, as rinhas de briga de galo e o uso de lança-perfumes nos bailes carnavalescos de então. Essa especialidade janista acabou copiada por um ex-prefeito do Rio, que, pela insistência, acabou sendo chamado de maluquinho.

Como característica, e por ter sido professor, fazia questão de usar a língua culta, o português escorreito, abusando de mesóclises e ênclises. Atribuem-lhe algumas frases, como: "fi-lo porque qui-lo" e "bebo-o porque é líquido; se sólido fosse, comê-lo-ia", esta última, ao que consta, referindo-se à cachaça.

No curto espaço de tempo de seu governo buscou desenvolver o país, combatendo a inflação deixada pelo governo JK. Condecorou Che Guevara, e isso lhe custou a insatisfação dos quartéis e fez crescer a oposição liderada por Carlos Lacerda. Há quem considere esse um de seus maiores erros, pois só o Che e o Fidel gostaram da comenda. Anticomunista convicto, disso não conseguiu convencer os políticos, os empresários e os quartéis e passou a ser acusado de conduzir o país ao comunismo. Para complicar as coisas, congelou salários, restringiu o crédito e combateu a especulação, desagradando setores econômicos relevantes. O presidente dos anos 90 fez coisa parecida e, todos se lembram, deu no que deu.

Tão depressa quanto chegou ao governo, o furacão eleitoral se despediu de Brasília apenas sete meses após sua posse. Foi a mais curta temporada de um locatário do Palácio da Alvorada. No dia 25 de agosto de 1961 apresentou sua carta renúncia, em forma de bilhete manuscrito endereçado ao Congresso Nacional, explicitando as razões de seu ato. A entrega coube ao então Ministro da Justiça, Oscar Pedroso Horta. Essa carta deu o que falar. Referiu-se a "forças terríveis", sem decliná-las. Declarou-se incompreendido, quando todos sabiam ter sido ele a buscar esse final. Houve quem achasse ser uma grande cartada política, pois sonhara voltar nos braços do povo, mais forte, com força quase imperial. Mas não deu certo.

Pelo pouco tempo que ficou na nova Capital, apenas sete meses, após uma vitória acachapante, só posso concluir que JQ não gostou de Brasília. Ele não me falou nada, já disse, mas quem não completa um ano de locação de um palácio é porque não gostou do local e do cargo. Ou não resistiu às "forças terríveis", que o brasileiro entendeu como forças ocultas. Se é verdade que ele pretendia voltar em grande estilo, carregado nos braços do povo, com apoio maciço da população, teve que se contentar em morar em São Paulo mesmo. Sem cargo, sem palácio e sem povo. Foi tudo tão rápido que os brasilienses nem se lembram que ele passou por aqui.

8.
Um projeto (nada) secreto

> *"Não sou eu quem me navega. Quem me navega é o mar. É ele que me carrega, como nem fosse levar".* (Paulinho da Viola)

Ingenuamente, tem gente que imagina que o presidente, ao deixar a presidência, também deixou de vez a política. Alguns dizem que ele colocou lá seu sucessor para "guardar" o seu lugar. Outros acham que a missão dele está encerrada; que já fez muito pelo Brasil e pelos hoje emergentes; que já foi o mais alto que podia.

O próprio presidente disse que quem lhe sucedeu só não será candidato à reeleição se não quiser. Aparentemente é verdade, pois ninguém é candidato contra a vontade. Mas faltou dizer: "desde que eu não queira ser". E o sucessor só será se ele não quiser ser, ou mudar de ideia nos próximos três anos. E aqui se pode ver como uma frase bem colocada pode dizer duas coisas ao mesmo tempo. Está oculto aí um desejo que não convém assumir desde agora.

É verdade, no entanto, que ele chegou a sonhar com o terceiro mandato, lutou veladamente por ele, mas não deu certo. Afinal, esse continuísmo, esse desprezo pela democracia, essa falta de alternância no poder cheiraria ditadura à maneira chavista, coisa que a ala intelectual do partido jamais perdoaria, nem a grande imprensa deixaria passar. Feito esse balanço, conclui-se: se tem que ser outro candidato, que seja alguém próximo, de confiança, que concorde em devolver o cargo, ao final dos quatro anos, quando solicitado. O presidente diria simplesmente: "eu vou ser candidato". E o atual ocupante se recolheria e diria que cumpriu a missão e fez bem o seu papel.

O projeto de novo mandato a partir de 2015 dá sequência ao projeto político de ficarem vinte anos no poder, pelo menos cinco mandatos petistas. Parece ter sido esboçado tempos atrás e deixou vestígios, que hoje permitem saber que a ideia era secreta, mas nem tanto, porque fatos demonstravam a direção pretendida. Diz-se que era secreto porque jamais foi admitido publicamente, assim como ocorria quando ele fazia campanha aberta e dizia que "ela" não era candidata, o que apenas técnica e cronologicamente era verdade.

De seus oito anos fez questão de deixar a impressão de que foi o fundador da Petrobrás e o responsável pela autossuficiência nacional na produção do combustível que o país consome. Ligou sua imagem de tal modo ao Pré-Sal, como se nele colocasse um carimbo: "feito no meu governo". Ao mesmo tempo, incentivou o que à época se chamava álcool (até nas bombas) e hoje, após as eleições, se chama etanol (as bombas dos postos também o confirmam). Álcool de cana-de-açúcar – o povo sabe – é produto nacional, enquanto etanol, naquela época, não teria o apelo nacionalista e poderia causar certa confusão. Na fase pré-eleitoral, todos se lembram, existia o biodiesel, também produto nacional, feito com óleos vegetais brasileiros. Depois da eleição, essa palavra foi esquecida e os postos passaram a dizer simplesmente diesel, nome inglês usado no mundo inteiro, não importa se feito com óleo de mamona ou pinhão bravo.

Até aquela jogada do astronauta brasileiro ilustra esse objetivo. Visivelmente foi gasto desnecessariamente verba pública num sonho supérfluo, dinheiro jogado fora, mas serviu a um objetivo: marcar posição. Mesmo sem resultado prático, o ex pode dizer aos seus netos e ao povo que levou o primeiro brasileiro ao espaço. "Nunca antes na história desse país", o Brasil tinha estado lá. Talvez tenha sido o taxi mais caro da história. Isso pode até não render tanto voto, mas fica bem ter sido o pioneiro. O povo gosta e é sensível a essas coisas. Os futuros eleitores poderão identificar melhor aquele fez a tal proeza de mandar o primeiro brasileiro à Lua. Na verdade, lua. É para lá que o Brasil foi: para o mundo da lua.

Por falar em coisas grandiosas, que tal o trem-bala Rio – São Paulo – Campinas, objeto de várias tentativas infrutíferas de concessão. Nenhum grupo brasileiro se interessou: nenhum estrangeiro ousou dar lance. Ainda assim, o governo considera uma questão de honra construí-lo, uma vitória. A razão é simples: a obra é muito cara e economicamente inviável. Só haverá interessado o dia em que o Brasil assumir a obra com recursos próprios e depois transferi-la a um concessionário, o mesmo modelo vigente nas rodovias, ferrovias e aeroportos. Só que para o presidente, perante o povo, foi uma demonstração de coragem e ousadia: construir um trem-bala de quinhentos quilômetros não é para qualquer um. Até hoje só países ricos possuem isso. O certo é que, saindo o trem bala, ou não, ele já faturou politicamente só com a ideia, uma vez que o tema foi objeto de intensa campanha publicitária e pautou a imprensa por longos meses, principalmente no período pré-eleitoral. Passada a eleição, o assunto perdeu fôlego. Mas quem lhe sucedeu terá uma bela desculpa perante o chefão: ninguém quis e é oneroso demais para o país.

O grande sonho secreto dele nesse episódio era só lançar a ideia durante seu governo, o sucessor construir, e ele inaugurar a obra com grande festa lá por 2014 ou 2016. Se não desse para a Copa, pelo menos para as Olimpíadas. A equação final, até agora não resolvida, seria: o presidente = trem-bala. Parece que ultimamente o governo está facilitando tudo, oferecendo dinheiro e crédito facilitado, edital escancarado, promessa de que pagará a diferença de receitas se não for a esperada. Há até gente achando que, abrindo tanto, o governo vai acabar gastando bilhões para construir o tão famoso trem de alta velocidade, e, depois, o entregará de mão beijada a algum aventureiro disposto a operá-lo.

No seu governo, o ex-presidente iniciou outra obra grandiosa, sempre prometida e nunca executada, transposição do Rio São Francisco. Além de marcar que se trata de obra necessária e útil, quis mostrar que faz o que outros não fizeram, que resolverá o problema da seca no Nordeste, que é ousado e briga até com padre.

Como o presidente gostaria que a Copa de 2014 ocorresse durante seu governo! Daria as boas vindas às nações visitantes e se declararia, emocionado, corintiano de coração. Mas o evento será no governo de quem o sucedeu. Não faz mal: poderá dizer que ele, e só ele, trouxe a Copa para o Brasil. O que muitos tentaram, ele conseguiu. Haverá algum ciúme de Ricardo Teixeira, João Havelange e Sérgio Cabral, mas "está tudo dominado". Nesse assunto não dá para dizer "nunca antes na história desse país": a Copa de 51 ainda está engasgada.

O resultado ainda continua positivo: mesmo não fazendo a Copa, sendo presidente novamente, fará os Jogos Olímpicos de 2016, e assim, poderá receber as nações visitantes e novamente declarar-se corintiano de coração. Se desistir de ser presidente ou se não lhe cederem a cadeira, entrará para a história como o homem que trouxe a Olimpíada para o Brasil, o que já está bom. Nuzman não poderá negar que ele ajudou bastante. Ganhou até do Obama, que jogou a toalha quando viu que a batalha estava perdida. Venceu "o cara".

Com outro presidente talvez o resultado fosse o mesmo, mas...

9.
A farsa do astronauta: o Brasil no mundo da Lua

"Grande pátria desimportante. Em nenhum instante eu vou trair. Não, não vou te trair"
(Cazuza)

Qual país não gostaria de participar da corrida espacial? Hoje, quando Estados Unidos e Rússia fizeram as pazes, tudo ficou mais tranquilo e perdeu a graça. Muita gente já foi à Lua, uma estação orbita a Terra, o ônibus espacial já foi aposentado, a China e o Japão entraram no negócio, milionários fazem turismo no espaço pagando passagem. Mas ir ao espaço não perdeu importância; dá certo charme ao país que consegue ver seu nome ligado ao extraordinário feito. Pelo menos foi o que pensou o presidente quando mandou para o espaço o primeiro astronauta brasileiro. Sempre há um saldo político positivo. Poderá dizer orgulhoso aos seus netos: "Nunca na história desse país, um brasileiro tinha ido ao espaço!".

Tudo bem: o astronauta já foi e voltou. Resta, agora, analisar o custo-benefício dessa viagem que gastou dez milhões de dólares.

Uma coisa é certa: o astronauta brasileiro estava com seu prazo de validade quase vencendo. Mais uns meses e não mais poderia voar. Até formar outro demoraria muito tempo. Havia interesse no espetáculo, para marcar presença no cenário internacional e interno? Então, o Brasil mandará seu astronauta ao espaço! E mandou. Afinal, nosso país não poderia ficar fora do seleto número de países que cometeram essa proeza. O tempo era curto. E o chefe queria que fosse no governo dele.

Pronto, tudo conspirou a favor do projeto megalomaníaco e sem finalidade prática convincente.

Para justificar o injustificável o governo lançou informações na mídia de que seriam feitas pesquisas de grande relevância para o país em gravidade zero. Até feijão em algodão molhado foi enviado para ver como se comportava. Escolas de ensino fundamental e médio, instadas, enviaram seus projetos de experiência espacial. Após a viagem, ninguém sabe de nada, ninguém viu. Para que, também? O objetivo já fora alcançado – o país entrou no clube dos países com astronauta, o que difere muito daqueles países-sem-astronauta. Só isso já justificaria a alta despesa. Mas e o benefício político? Também já fora conseguido: o nome já estava umbilicalmente ligado à ida do primeiro astronauta brasileiro ao espaço. Eis, aí, a razão do "nunca antes". Essa expressão, ao contrário do que alguns afoitos acharam, nada tem a ver com aquela história dos mares não navegados. Juro. Num certo sentido ele tem razão: nunca antes no Brasil falou-se de astronauta ou de trem-bala, mas de petróleo já se fala desde os tempos do grande Monteiro Lobato.

Sem dúvida, o custo foi alto, principalmente levando-se se em conta que temos hospitais federais caindo aos pedaços, em péssimas condições, filas na porta, atendimento precário, mortes sem tratamento e dignidade. O país ganharia muito mais se esse dinheiro tivesse sido destinado à saúde, por exemplo.

Mas, afinal, quem ganhou com tudo isso? A resposta é simples: o astronauta. Pouco tempo depois de retornar do espaço, pediu sua reforma, passou para a inatividade e iniciou carreira nova de conferencista, ganhando os "tubos". Fora do governo, tal como seu patrono, seguiu a mesma escola e hoje ganha por palestra mais do que de soldos militares. Nós todos brasileiros pagamos milhões de dólares para essa carona especial e jamais fomos convidados pra ouvi-lo. Deveria mesmo falar de graça nas escolas, nos quartéis e nas favelas. E que foi uma despesa nebulosa, lá isso foi.

10.
Mais socialdemocrata do que FHC

"A humanidade precisa de sonhos para suportar a miséria nem que seja por um instante". (Oscar Niemeyer)

O presidente fora eleito por um partido de bandeira socialista; seu antecessor pela socialdemocracia. Esperava-se do socialista, mais do que do outro, um governo que buscasse realmente o bem estar do povo, a redução dos desníveis sociais profundos, que admitisse a existência de relativas desigualdades, atreladas ao mérito individual, mas procurasse corrigi-las, oferecendo igualdade de possibilidades a todos, nem que para isso fossem estatizadas as empresas e forçada a distribuição de renda de maneira a implantar a igualdade social. E o que se viu não foi exatamente isso: o governo sucessor suplantou o antecessor em benefícios para o povo, pela ampliação da assistência, pela redução do abismo social, pela meritocracia, pelo oferecimento de condições de estudo a quem não pode pagar, pela possibilidade concreta de ascensão social, mas, olhando-se para trás, hoje é possível dizer que o sucessor assumiu a bandeira do antecessor. E fez melhor!

Quando muitos esperavam estatização em massa, à moda dos vizinhos de língua espanhola, isso não ocorreu. O que estava privatizado continuou privatizado. Nada de reversão. A tarefa de desconstrução seria grande demais, desgastante e afetaria a imagem de um país que acolhe bem e respeita os investimentos estrangeiros. Como convinha, o tema, tão ventilado durante a campanha eleitoral, que a própria oposição tinha pavor de tocar, acabou esquecido. Só serviu mesmo para a campanha. Vencida a eleição, nada se tem contra as privatizações, mas também não se passa à estatização.

A sociedade justa, conceito tão caro à socialdemocracia, é concebida a partir do contrato social e do reconhecimento de direitos. Os livros de filosofia política nos ensinam que a socialdemocracia difere do libertarismo, na medida em que ambos valorizam muito a liberdade, mas se distanciam quando se trata do papel do Estado na sua promoção. Lembra Stephen Law que, por perseguir ao máximo a liberdade do indivíduo no livre comércio, reduzindo o Estado a um mínimo, o libertarismo acaba por aumentar as desigualdades, com restrição concreta e crescente para a liberdade dos pobres. Já Domenico Settembrini afirma que o modelo socialdemocrata está em crise, sendo impelido ora a desviar-se para a direita com a volta à política econômica de tipo clássico, ora para a esquerda, "com a superação do capitalismo mediante uma forma de corporativismo integral, destinada, pela lógica das coisas, a desembocar no coletivismo".

Alguns itens essenciais, como dinheiro, doença, desemprego ou falta de instrução, deixam o pobre menos livre se comparado ao seu vizinho rico. Sua escolha depende de recursos que ele quase nunca tem. Daí a necessidade de realizar-se uma operação de equilíbrio, mediante a criação de instrumentos que gerem a "igualdade de possibilidades" a que se refere Dalmo Dallari. Só assim será possível corrigir tais distorções. E foi exatamente esse caminho que o sucessor trilhou com grande sucesso.

O dinheiro foi ampliado por vários fatores: a inflação controlada, os reajustes salariais, o bolsa-família, o crédito fácil, o parcelamento nas compras de bens duráveis.

O programa bolsa-escola da socialdemocracia foi grandemente ampliado e passou a ser o bolsa-família. Os inscritos foram multiplicados várias vezes. Todas as regiões do país receberam o benefício. Em determinadas regiões mais carentes é a maior fonte de renda da população. Há quem tenha visto aí uma mudança de classe social, uma ascensão, uma melhora de vida.

E a julgar pelo resultado das últimas eleições, o povo gostou e deu retorno à altura com enxurrada de votos. Parece que a bandeira do bem-estar social trocou de mãos.

A saúde vem recebendo recursos maciços, mas há de se reconhecer que temos um sistema nacional unificado dos maiores do mundo, com deficiências crônicas, cuja solução demandaria mais uns vinte anos. A socialdemocracia fez sua parte: combate à AIDS, medicamentos genéricos, quebra de patente de remédios caríssimos etc. O novo governo continuou o trabalho, mas ainda não conseguiu apresentar resultados palpáveis nessa área.

Aumentou o número de empregos, principalmente com carteira assinada, novas empresas surgiram, órgãos do governo e estatais aumentaram seus quadros, ofereceu-se oportunidade aos pequenos e microempresários e viabilizou-se a formalização de pequenos empreendedores. Com a economia relativamente aquecida já há algum tempo, embora atualmente com sinais de estagnação, o índice de desemprego no país é um dos menores do mundo e muito distante do que ostentam Portugal, Espanha etc.

O grande salto qualitativo, no entanto, foi dado na área da educação e responde pelo nome de PROUNI, com mais de um milhão de bolsas concedidas, segundo anuncia o governo. Nenhum governo anterior teve a ousadia de tomar vagas às universidades privadas para colocá-las à disposição dos mais carentes, daqueles que vieram de escola pública, daqueles, enfim, que tinham menores possibilidades de um curso superior e daí galgarem uma melhor condição social e um emprego razoável e bem remunerado. O programa é tão justo que nem a iniciativa privada resistiu. Esta deve ter reconhecido que o Estado, que concede a autorização para funcionamento, tem direito de exigir bolsas integrais ou parciais para aqueles que não compõem a elite.

Resta concluir que Lula foi mais socialdemocrata do que FHC, querendo ou não. Por essas e por outras é que tem razão o antecessor ao dizer que "é mais fácil prever o futuro do euro do que o do PSDB"!

11.
Esses políticos e seus pitorescos nomes de campanha

> *"Sempre viveram no mesmo barco, foram farinha do mesmo saco, da mesma marinha, da mesma rainha, sob a mesma bandeira tremulando no mastro".*
>
> (Ivan Lins e V. Martins)

Vocês sabiam que Michel Platini, Robert Kennedy, Xororó, Joãozinho Trinta e o Pensador foram candidatos a deputado na última eleição do Distrito Federal? Não acreditam? É difícil mesmo acreditar! Eu também, de início, não acreditei, mas posso garantir que é verdade. Duvida ainda? Então é só entrar no site do TRE, onde tem o resultado da eleição de 2009 e conferir nome a nome e chegar à mesma conclusão que eu: tem gosto e nome para tudo.

Se você se espantou com esses nomes internacionais ou de conhecidas personalidades brasileiras, então fique sabendo que existem muitos outros do mesmo calibre. Continue a pesquisa e encontrará: Zé Ninguém, Melhorança, Veinho Vendedor, Terceira Idade, Bigode, Cadeirante, Celular, Protesto, Gordinha do Rabecão, Maratonista, do Povão, Baratinha, Juiz de Paz, Chapéu de Couro, PH, Gripp, Sangue Bom, Exterminador de Insetos, Feijão e Saia da Fila. Existem outros: Abençoado, Ipaminona, Coisa Nossa, Esqueleto, Certinho, Arcanjo Amigo e Energia Positiva. Gostou?

Se não gostou, não precisa dizer nem brigar comigo. Não tenho culpa nenhuma. Só fiz a pesquisa e achei interessante dividi-la com meus escassos leitores (quem sabe melhora!).

Num exercício de pura imaginação você pode entender o porquê desses nomes estapafúrdios. Quase todos devem ser apelidos, outros estão ligados à profissão, à idade, ao temperamento, ao trabalho ou à atividade que seus portadores desempenham. É importante saber que os nomes que constaram da lista são exatamente esses, precedidos do verdadeiro nome da pessoa. O que pretende fazer o zé ninguém? O veinho deveria estar aposentado, não acham? Por que alguém votaria no bigode do Salvador Dali ou do Sarney, no celular da Vivo ou da Oi, no protesto contra quem não pagou uma dívida, na baratinha da vizinha, no juiz de paz em tempo de guerra, no PH da piscina, na gripe que não quer ir embora, no fanqueiro sangue bom? Ou então, no feijão nosso de cada dia, no exterminador de insetos que deve fazer dedetização, no esqueleto, no arcanjo? Difícil mesmo deve ser votar naquela do Rabecão, que lembra defunto, no juiz de paz que lembra casamento, no chapéu de couro da feira da Ceilândia, no saia da fila que deve trabalhar no Na Hora, no INSS ou em algum banco, naquele que já é abençoado e não precisa mais de voto. Mas não há dúvida de que sempre precisaremos da energia positiva, de sangue bom, de um arcanjo amigo (embora nunca tenha visto um arcanjo inimigo). E tenho certeza de que todos precisarão de melhorança e da orientação de um maratonista para manter o físico preparado para o próximo verão. Uns gostarão do certinho; outras vão querer a coisa nossa. Muitos vão querer fugir da gripe e da terceira idade, mas todos, todos mesmo, vão querer ficar bem na fita do povão.

Feita essa breve introdução das designações curiosas, é bom partir para os números, pois muitos hoje ainda acreditam em estatística como antes confiavam na inflação zero. Então lá vai: vinte e seis se apresentaram como doutores, pouco importa que profissão, mas dois fizeram questão de se dizerem dentista e engenheira. Vinte e um apresentaram títulos da hierarquia religiosa: bispo, bispa, reverendo, pastor, pastora, irmão, irmã, obreiro, missionária. Um grande contingente teve orgulho de qualificar-se como professor ou professora, um total de trinta e um, sendo que um se declarou mestre.

Um extenso leque de profissões foi indicado e espertamente agregado ao nome de campanha: taxista, vigilante, guarda, radialista, locutor, DJ, cabeleireiro, cantor, rodoviário, *maitre*, locutor, contador, enfermeira, servidor. Outro tanto preferiu acrescentar o local do trabalho ou a atividade: fulano do gesso, da atividade, da adapte, dos correios, da saúde, do esporte, do gás, da UnB, do Cresspom, da farmácia, da academia, da rádio, da PF.

Praticamente todas as patentes policiais disputaram as últimas eleições: quatro coronéis, dois majores, sete sargentos, um cabo, dois subtenentes, um bombeiro, um delegado, alguém do gabinete da PM. Total de dezenove. Aqui peço desculpas aos leitores pela desorganização hierárquica; é que, sendo civil, não conheço a vida dos quartéis. Certamente estarei desculpado, até pelos superiores.

Alguns candidatos preferiram anexar o nome da localidade onde moram, nasceram ou trabalham: quatro da Ceilândia, sendo um bem específico "do Setor O", quatro da Estrutural, um de São Sebastião, um do Paranoá, outro do Paranaguá (nem sei onde fica isso, acho que é no Paraná), um da Candanga e o último da Torre. Outros mencionam a área comercial em que atuam: ovo, cooperativas, banda, feira, geração, condomínios, associações, da águia.

O que descobri após todo esse tempo de pesquisa, esmiuçando o portal da Justiça Eleitoral, é que para ser candidato você precisa ter apelido exótico ou ridículo, indicar sua profissão, sua patente, seu grau universitário, seu cargo na hierarquia religiosa, o lugar onde mora ou nasceu. Sendo assim, eu, que já pensava em ser candidato, mesmo tendo ficha limpa, estou propenso a desistir. Estou bem no meu anonimato, no ostracismo remunerado, fazendo o que quero e gosto, dormindo tarde e acordando cedo, lendo os livros que acumulei durante a vida e os que foram lançados ultimamente, sem precisar tomar café frio e dar ou receber tapinha nas costas. Deixo o "é dando que se recebe" para São Francisco de Assis ou para o Centrão do saudoso deputado ultradireitista Cardoso Alves. Prefiro ter só nome de batismo, que por acaso é de santo, do que ter nome de campanha.

Pena que a próxima eleição só será daqui a três anos. Até lá não terei o que fazer para me distrair com a variedade das alcunhas eleitoreiras: aqui não tem prefeito, nem vereador!

12.
O Brasil oficial e a morte do secretario

"A vida é o maior benefício do universo"
(Machado de Assis)

Os jornais brasilienses de janeiro cuidaram de noticiar fartamente a morte de um secretário de importante ministério. Parecia uma morte como a de muitos outros brasileiros, a quem igualmente foi negado atendimento hospitalar. No entanto, por se tratar de uma figura proeminente no governo, vinda da área sindical, as reações foram intensas, ganharam a televisão e os jornais, movimentaram três ministérios, polícia, Ministério Público, conselho de medicina e a agência estatal da saúde.

Colegas de trabalho do servidor denunciaram a omissão de socorro à polícia, que iniciou investigação. Em nota, a Presidência lamentou a morte do assessor, procedimento jamais observado nesse nível de cargo. Fez mais, mandou investigar a morte de seu secretário, providência que jamais havia tomado em relação a qualquer outro brasileiro, pelo mesmo motivo, servidor público ou não. Só faltou decretar luto oficial. A pasta da Igualdade Racial levantou a suspeita de discriminação pela cor do funcionário, mas não fez o mesmo quando outros brasileiros, servidores ou não, morreram por falta de atendimento. O ministério da Saúde mandou a ANS apurar o acontecido e pediu a intervenção do conselho regional de medicina. O "Brasil oficial" de Suassuna ficou indignado.

De fato, causa indignação a morte de alguém na porta de um hospital, depois de ter passado por outros dois, que se recusaram a interná-lo sob alegações burocráticas de falta de convênio ou de cheque para depósito. Até para altas autoridades. Só que isso acontece diariamente pelo Brasil todo, nas filas e nas portas de hospitais públicos e privados. Doentes deitados em maca ou no chão, alguns segurando a própria bolsa de soro; grávidas que viajam quilômetros em busca de atendimento na hora do parto e encontram as portas fechadas, vindo a falecer, muitas vezes, junto com o filho; idosos mantidos em fila impiedosamente por quase um dia inteiro; senhas que se esgotam em alguns minutos; médicos que não comparecem ao trabalho e causam o adiamento de consultas marcadas com meses de antecedência. Esse é o retrato do Brasil real, que nos chega diariamente pelos meios de comunicação. Também esses fatos deveriam ser considerados pelas autoridades logo que acontecem. Afinal, são brasileiros morrendo sem atendimento em violação frontal à Constituição da República, que assegura a todos a defesa da saúde e da dignidade humana.

A indignação do "Brasil oficial" não deveria considerar apenas a importância do cargo, a origem profissional e outros fatores que identificam o doente. Ainda assim, o fato serviu para provar que todo mundo morre, seja ministro, secretário, integrante da classe média, comerciante, trabalhador, sem-teto ou maltrapilho. O que não se concebe é deixar alguém morrer na porta do hospital, independente de sua condição social, com recusas burocráticas e insensíveis. Se o morto tivesse se apresentado como beneficiário do SUS talvez tivesse sido atendido. No entanto, foi recusado porque o convênio estava suspenso e não pode apresentar garantia de pagamento das despesas, o execrável "cheque-caução". Um absurdo sem tamanho que vitimou, no caso, não um pobre diabo sem condições de pagar, mas alguém de boa renda e crédito na praça. Nesses casos, quando a recepção do hospital decidir vetar a entrada de algum doente, um médico deveria ser chamado para avaliar o risco de vida e a necessidade de internação, não deixando essas tarefas vitais nas mãos de simples atendentes sem qualificação.

Apesar de estarmos numa república sindicalista, isso não quer dizer que só seus dirigentes e afiliados merecem pronto atendimento. Todos os brasileiros não sindicalizados, os idosos, as crianças, os sem emprego, os sem renda, têm direito ao mesmo tratamento. Morreu sem atendimento, na porta do hospital, pobre ou rico, sindicalista ou não, é sempre motivo para o governo apurar o que aconteceu e tomar providências para que o fato não se repita. Só assim estará protegendo a saúde e a dignidade humana. Em matéria de saúde o Brasil oficial não pode ser sindicalista, nem ignorar ou ficar distante do Brasil real.

O caso nada tem de discriminação racial, ou, pelo menos, jamais foi dito isso em relação a outros que faleceram em igual condição. E Brasília é uma cidade morena, alguns negros são doutores, outros ministros, muitos diplomatas dos países africanos e árabes, servidores de alto escalão, empresários. O que confundiu o hospital não deve ter sido a cor do paciente nem a sua condição social. O "malfeito" parece que teve origem no cancelamento do convênio do plano de saúde do próprio governo e na insensibilidade do hospital em não autorizar a internação independente de condicionantes.

O que se espera, daqui para frente, é que o caso sirva de exemplo e que a indignação oficial gere resultados práticos e corretivos, que impeçam eventos como esse em relação a todos os brasileiros. Espera-se no futuro, em suma, uma indignação geral, popular e governamental, e não apenas uma indignação preferencial.

13.
O ano dos eufemismos

> *"Eu quase nada sei. Mas desconfio de muita coisa"*. (Guimarães Rosa)

O primeiro ano é sempre cercado de muita expectativa. Quem nunca governou começa a governar. Quem não mostrava estilo próprio, visível e nítido, passa a cunhá-lo com decisões e declarações. As crises surgem. O estresse é inevitável. Não dá mais para continuar com o discurso da campanha; tem que haver ação; a máquina deve deslanchar; o programa de governo tem que ser concretizado. E o povo tem que tomar conhecimento disso, principalmente beneficiando-se dele. E assim se vai conhecendo o novo dirigente.

A virada do primeiro ano é crucial para o administrador. É inevitável que surja um balanço, que a imprensa faça o seu próprio, que a oposição se manifeste, que façam comparações. Cobranças e elogios podem surgir e, com certeza, surgirão.

Se todos podem fazer suas análises e avaliações, o cronista não deve ficar de fora. Não tanto pelo aspecto administrativo, de execução orçamentária ou de fiscalização de obras ou contratos e prestação de contas. As coisas boas o próprio governo se incumbe de divulgar. É tanta propaganda pelo jornal e pela TV, que os apresentadores começaram a falar mais depressa, para caber tudo. Para fiscalizar existem órgãos especializados, com missões específicas. O que penso interessar ao leitor são as marcas registradas do primeiro ano, o que houve de diferente, a face do governo que o povo vê e sente.

Logo no início do ano surgiu um tema de alta complexidade e de solução difícil: era a presidente ou a presidenta?

É provável que alguns especialistas tenham sido chamados para dirimir o conflito, mas o que prevaleceu mesmo foi a forma feminina de se escrever e dizer. Parece que no governo todos os ministros e servidores foram orientados a dizer "a presidenta", sem qualquer divergência, de maneira uniforme, como se fosse uma decisão em bloco, uma questão decidida e transitada em julgado. O que sei é que ninguém da área governamental ousou dizer a forma tradicional. Essa, sem dúvida, foi uma marca do início do primeiro ano. Houve uma decisão política, governamental e está acabado. Prevaleceu o que o governo quis, pronto! No entanto, salvo os integrantes do governo e da administração federal, os chamados independentes adotaram a forma correta. Os jornais, a televisão, as revistas, os membros do Judiciário e do Legislativo demonstraram certa rebeldia: todos eles dizem e escrevem corretamente "a presidente". Sabem por que? Simples. Ninguém fala a pacienta, a clienta, a dirigenta, a consulenta. Nenhuma comissão foi formada para opinar. Nenhum ministério foi encarregado da missão. Ninguém quis debater o assunto com a sociedade ou acharam isso desnecessário. Desse episódio resultou uma decisão unilateral, que aos subordinados cabe obedecer sem discutir. Os não subordinados estão livres e podem usar a forma correta.

O eufemismo também passou pela "faxina". Primeiro a sucessora queria dizer isso mesmo. Com a revolta dos governistas o termo foi amenizado, já não era bem assim; era degola localizada, pontual, caso a caso, e desde que fosse denunciado pela imprensa. A temporada de caça estava aberta. Começou a voraz destruição de ministros, sete ao todo, seis por supostas irregularidades, um porque criticou colegas de ministério.

O primeiro ano do governo teve algumas notícias boas, como os programas sociais para mulheres em geral e gestantes em especial – foi criada até a bolsa-passagem para a ida ao obstetra e ao hospital na hora H. Duas viagens de vinte e cinco reais; total cinquenta. Mas o que ocupou a atenção da mídia e do poder central foram mesmo as trapalhadas dos ministros, principalmente dos que vinham do governo passado e já tinham seus castelos montados no íntimo da máquina administrativa. Versalhes viveu de sobressaltos todos os dias do ano passado e rezou para que a virada viesse prometendo mais paz e menos tempestades. A Bastilha nunca esteve tão ocupada; funcionou a todo vapor, decapitou sete cabeças coroadas. Como nunca se viu uma queda tão variada de ministros em tão pouco tempo, esse fato chamou a atenção, e sem dúvida, marcou esse primeiro dos quatro anos.

Por fim, uma palavra esquecida do dicionário foi usada milhares de vezes durante o ano: "malfeito". O que antes era corrupção, eufemisticamente passou a ser chamado de malfeito. Aos olhos do atual governo, talvez a palavra corrupção seja forte demais para designar irregularidades governamentais e administrativas, como o tráfico de influência, o desvio de verbas, as propinas, os convênios preferenciais, o desmando das ONGs, a falta de fiscalização e de controle interno, as contas não prestadas ou fraudadas. Daí optar-se por "malfeito", sem dúvida uma palavra mais leve, palatável, que quer dizer alguma coisa, mas não exatamente tudo; algo errado, mas sem gravidade. Uma ocorrência sanável, leve, branda, que foi feita errada, mas sem maiores consequências.

Ocorre que essa palavra tem sido usada como sinônimo de corrupção, irregularidade grave, improbidade, infração à ética ou à lei penal. Por isso, não se enganem: daqui para frente, quando o governo falar de "malfeito", lembre-se de que está se referindo à corrupção. Parece ter sido essa a preocupação: se for usado o termo correto, mais pesado, alguém poderia fazer a ilação e dizer que o governo é corrupto e isso é tudo o que ele não quer. Seria o mesmo que eufemisticamente dizer que "defensivo agrícola" não é o mesmo que "agrotóxico". Malfeito, tudo bem, desde que afete apenas partidos e ministros envolvidos. Corrupção, que afeta a imagem do governo inteiro, não!

14.
Estará X-Man sonhando com o Planalto?

"Não existe grandeza onde não há simplicidade, bondade e verdade". (Leon Tolstoi)

"Não é tão sábio assim quem sábio demais se mostra". (João Ubaldo Ribeiro)

Nunca se viu no Brasil tamanha campanha de formação de imagem, de divulgação de feitos, de exibicionismo, de narcisismo. Quem se autoanuncia é o homem mais rico do Brasil, que, já adianta, será o mais rico do mundo, lá por 2015. Que seja, mas não precisa fazer tanta campanha e esfregar isso na cara do povo, dos empresários pequenos, médios ou mais prósperos. Ser rico não é defeito, concordo, mas não precisa propagandear isso aos quatro pontos cardeais. O personagem tornou-se protagonista e unanimidade nacional. Ainda bem que "toda unanimidade é burra", pensei. Apesar de elogios e reconhecimento merecidos, tudo indica que há uma orquestração em andamento, alguém esta enxergando mais do que os outros.

Rico, X-Man sempre foi. Descende de grande empresário e administrador, que montou a maior empresa mineradora do país, hoje privatizada. Sempre teve acesso ao "mapa da mina" ou, mais precisamente, de todas as minas, mesmo as que não estavam no mapa. Como raros brasileiros, teve condições e dinheiro para estudar no exterior e aprender várias línguas. Dizer que viveu de mesada e teve que dar duro vendendo seguro não combina muito com a singular personalidade que vem demonstrando. A não ser que pretenda dizer que veio de baixo, que é um *self made man*, sem a ajuda do pai ou de qualquer outra pessoa, achando que isso o credenciará como vencedor, com trânsito em todas as camadas sociais. Vencedor ele já é, tudo bem!

O que mais intriga é que X-Man não precisa de nada disso. É riquíssimo, é visionário, é vencedor, todos reconhecem o seu talento para os negócios, todos sabem de seu sucesso empresarial, mas não precisa escrever mensagens de autoajuda em livro biográfico narrando "a trajetória do maior empreendedor do Brasil". Nele, tudo é superlativo, é o máximo, sem modéstia ou humildade, além de todos os limites. É um iluminado: enxerga o que ninguém viu, faz melhor do que todo mundo. Até parece que "nunca antes na historia desse país" existiram empresários sérios que tenham montado impérios industriais, comerciais e bancários. No seu delírio, parece achar que o Brasil empresarial moderno começou com ele, segundo sua visão egocêntrica. Antes só existia lixo e pobreza; com ele há e haverá luxo e riqueza. Perdoem-me: é demais!

A campanha publicitária começou com o implante capilar, à moda dos candidatos americanos à presidência; depois veio o livro X, todo escrito na primeira pessoa, repetida à exaustão da primeira à última página. Coincidência ou não, a editora parece ter sido escolhida a dedo. Recentemente veio a revista, onde foi chamado de Xiaoping, o líder chinês que transformou seu país num gigante. Deve ter gostado da comparação, por dois motivos nada lisonjeiros: o nome começa por X, e com esse símbolo multiplicador de sorte e sucesso, chegou ao mais alto cargo de seu país. Não só o Brasil; a China também está na moda. Todos querem imitá-la.

Os exibicionismos na televisão foram delirantes. No Fantástico, deu dicas de como tornar-se multimilionário. Milionário é pouco, deve achar ele; tem que ser multi. Em outras entrevistas, a toada foi sempre a mesma: "eu sei o caminho das pedras", ou seja, das minas. Em todos os momentos colocou-se como um iluminado, alguém diferente, acima de todos os mortais, o que enxerga em 360 graus. Na TV, pela primeira vez, colocou propaganda do grupo X. O autoelogio é algo desprezível. Vangloriar-se do próprio sucesso, também. Só alardeia seus próprios méritos quem pretende alguma coisa com isso. Até parece um candidato em plena campanha eleitoral dizendo: "eu sou o melhor, vote em mim!".

Falavam muito de dotes físicos e carnavalescos. Naquela época, dele pouco se falava; quase não era notícia. Diante desse quadro invertido, parece que o Trumph brasileiro, mais corajoso que Indiana Jones, pretendeu virar o jogo e mostrar quem é o mais importante, o centro do universo, o mágico, o que merece as luzes. Daí a procura intensa por holofotes.

Até quando nega possuir o "toque de Midas", não transparece sinceridade. Ao tocar no assunto, ele quer mesmo é induzir as pessoas a pensarem o contrário, é que digam que ele, sim, tem o fantástico dom. Ou seja, lembrou a todos uma qualidade que só existe na mitologia: transformar tudo que toca em riqueza. Mas ele deixa subentendido que poucos privilegiados, como ele, possuem tal poder.

Ao dizer que não tem vergonha de ser rico, quer dizer que obteve tudo com muito suor, trabalhando muito e competindo honestamente. Ora, isso acontece com todos os que vencem na vida. Quase todo mundo tem orgulho de ser classe média e ter chegado, por mérito próprio, a algum comércio, emprego ou cargo público. Pessoas simples também se sentem realizadas. Quem ainda não chegou, almeja chegar. O governo tudo faz para proporcionar isso. Trabalhar, suar e ser ético não são privilégios de uma pessoa apenas; as outras letras do alfabeto também trabalham, suam, cuidam de sua subsistência e competem dentro de padrões civilizados.

Alardear que paga seus impostos em dia, em valores astronômicos, de milhões de reais, também não chega a ser nenhuma vantagem. Isso é obrigação de todo cidadão, não importa o valor. Todos sabem que os impostos devem ser proporcionais à renda e à fortuna. Logo, quem tem mais, paga mais. Quem é multimilionário, certamente pagará mais que os outros. Não faz mais do que sua obrigação. É inadequado enviar mensagem subliminar dando a entender que outros empresários não pagam seus tributos ou fraudam os valores devidos.

Suas doações são bem empregadas e merece cumprimentos pela atitude, mas sempre dizem que "o que a mão esquerda dá, a direita não precisa ficar sabendo". Apregoá-las aos quatro cantos não condiz com a figura do doador que só quer ajudar.

Mesmo não sendo especialista em marketing político, parece-me que estamos vendo os primeiros passos de uma grande campanha de formação de imagem. Por suas atitudes, autopromoção exagerada e exposição midiática, tudo indica que X-Man está de olho no Planalto.

15.
Crônica invertida

O governo cumpre o que promete.
Só os mais crédulos acham que
Ninguém lutará contra o malfeito.
Porque, se há algo unânime entre nossos governantes, é que
A ética e a responsabilidade são essenciais
Para que o país alcance e realize seus ideais.
Será mostrado que é uma grande falácia crer que
Os corruptos continuarão nos cargos, como sempre.
Assegura o governo, sem dúvida, que
Reduzir a extrema pobreza é o grande objetivo.
Mesmo assim, há imbecis que acreditam que
Se possa continuar governando com as velhas negociatas.
Quando o partido assumir o poder, fará tudo para que
Se acabem com os corruptos e os privilegiados.
Não se permitirá de forma alguma que
O povo pobre passe fome ou morra nas filas dos hospitais.
Cumprirá todos os objetivos mesmo que
As verbas orçamentárias se esgotem.
O partido exercerá o poder até que
Todos entendam que
Temos uma nova classe política.

Agora leia novamente e observe: *De cima para baixo discurso da situação. De baixo para cima, discurso de oposição.*

Parte III

FOTOCRÔNICAS

Algumas fotos de Brasília são verdadeiras crônicas mudas. Não precisam de palavras; suas imagens falam por si. Basta olhá-las para identificar um problema mal resolvido, o abandono de algumas áreas da cidade, a injustiça social, cenas urbanas, hábitos incompatíveis com a solenidade da Capital, ângulos insuspeitos. De propósito, elas não mostram a Brasília oficial, aquela que todo mundo vê, a dos cartões postais, dos pontos turísticos, dos monumentos. O objetivo aqui é mostrar a Brasília real, a que demanda observação mais atenta, olhar curioso, a que deve ser interpretada, refletida, vista de forma diferente.

Há espaço também para a imaginação. E aqui se fala da Brasília surrealista, aquela que quase ninguém vê, porque os sentidos estão despertados para a realidade, apenas para o que se vê, o concreto, a primeira visão, a primeira imagem. Com um pouquinho de imaginação, algo de carinho e delírio e alguns pequenos truques, o real pode virar surreal, árvores ganham formas femininas, ficam grávidas, têm ou não têm nádegas, raízes de árvores invasoras alienígenas ameaçam o solo e o gramado, galhos se transformam em pernas ou em gancho de estilingue.

O resultado aí está: as fotocrônicas de Brasília! Basta interpretá-las e mudar o ângulo de visão, quando necessário.

Obs. Todas as fotos foram feitas pelo autor com equipamento modesto: Nikon Coolpix L19, 8 megapixels, 3.6x zoom, 2.7 inch LCD.

1.
A Brasília real

O Plano merecia algo melhor do que isso I

O Plano merecia algo melhor do que isso II

Setor de Autarquias Sul: um dia qualquer às 18 horas

"Vinte anos de invasão" Da calçada

2.
Cenas urbanas

Janela indiscreta

Disputando espaço nas paradas de ônibus

Comercial da 109 Sul de segunda a sexta-feira às 17 horas

Jardins suspensos da Babilônia brasiliense

Drive thru da oração: sinal dos tempos!

"A ceia dos excluídos!", lembram?
Isso precisa mudar. Onde está a Assistência Social do GDF?

3.
A Brasília surrealista

Uma árvore com dois galhos. Invertendo: um corpo escultural

Dois galhos. posição erótica

Paineiras grávidas

Árvores com e sem glúteos

Convivência pacífica: uma lição da natureza I

Convivência pacífica: uma lição da natureza II

Nado sincronizado

Árvores invasoras no Clube Naval

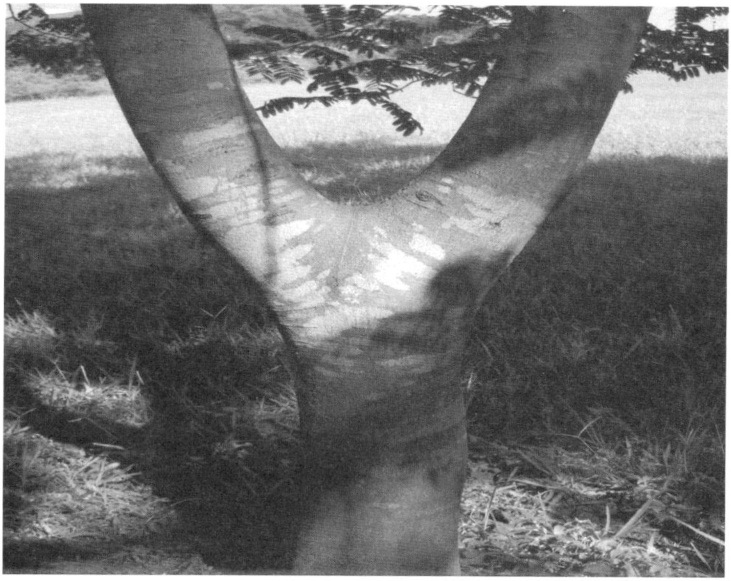

Gancho de estilingue e chifres afiados

Em apoio à sustentabilidade e à preservação ambiental, a LER Editora declara que este livro foi impresso com papel produzido de florestas cultivadas em áreas não degradadas e que é inteiramente reciclável.